한국 호랑이

진호철 장편 소설

FUSION FANTASTIC STORY

한국호랑이 3

진호철 장편 소설

초판 1쇄 찍은 날 § 2014년 5월 8일
초판 1쇄 펴낸 날 § 2014년 5월 12일

지은이 § 진호철
펴낸이 § 서경석

편집부장 § 권태완
편집책임 § 박은정

펴낸곳 § 도서출판 청어람
등록번호 § 제387-1999-000006호
등록일자 § 1999. 5. 31
어람번호 § 제1-1845호

주소 § 경기도 부천시 원미구 부일로 483번길 40 서경B/D 3F (우) 420-822
전화 § 032-656-4452 팩스 § 032-656-4453
http://www.chungeoram.com
E-mail § chungeorambook@daum.net

ISBN 979-11-316-9015-4 04810
ISBN 979-11-5681-964-6 (세트)

한국 호랑이

진호철 장편 소설
FUSION FANTASTIC STORY

3

CONTENTS

1장

첫 번째 손님

　창백한 얼굴, 부르르 떨리는 김진수의 입술을 본 유천이 심
상찮은 낌새를 눈치채고 그의 어깨에 부드럽게 팔을 얹었다.

　"도대체 무슨 소리야?"

　"유천아, 그게……."

　김진수는 얼마나 겁에 질렸는지 제대로 말을 잇지 못했다.

　유천은 여기서 자세한 이야기를 들을 수 없다는 걸 직감하
고 천천히 걸음을 옮겼다.

　"나가자. 나가서 바람이라도 좀 쐬자고."

　"유천아."

간절한 목소리에 유천이 김진수의 어깨를 가볍게 쳤다.

"진정해. 네 이야기를 들어봐야 뭔 해결책이 나올 것 아냐."

유천의 말에 고개를 푹 숙인 김진수가 뒤따르자 뒤에 있던 이주봉도 뻘쭘한 표정으로 서둘러 걸음을 옮겼다.

공항청사 밖으로 나온 유천은 주차장 인근 벤치에 털썩 주저앉았다.

"앉아라."

"도와줘."

"일단 앉아서 심호흡부터 해."

유천은 김진수에게 빠르게 이야기를 들을 생각을 깨끗하게 접었다.

살펴보니 잠시도 가만있지 못할 정도로 심신이 불안한 상태라 시간이 필요할 것이다.

유천이 팔짱을 끼고 시선을 돌렸다. 옆 벤치에는 이주봉이 눈치를 보고 조용히 앉아 있었다.

유천은 눈을 찡긋거리며 이주봉에게 신호를 보냈다.

함부로 나서지 말라는 의미이다.

오랜 호흡을 자랑하는 두 사람이기에 단박에 알아들었다. 이주봉은 곧바로 태연한 표정으로 시선을 돌렸다.

그렇게 20여 분이 흘렀을까?

가까스로 진정한 김진수가 유천을 바라봤다.

"미안하다."

"뭐가?"

"이렇게 불쑥 나타나서 도와달라고 해서 말이야."

"자식, 친구라는 게 뭐냐?"

유천의 말에 김진수의 얼굴에 조금 생기가 돌았다.

"유천아, 내가 네 친구 맞냐?"

"아니면 내 눈이 삔 거고."

침착한 유천의 말에 안정을 되찾은 김진수가 드디어 입을 열었다.

"그때 치킨집 있잖아. 그게 잘못됐어."

"그거 진작 잘못된 거 아니야?"

"그때 욕심을 부리고 네 말을 안 들었잖아."

"그랬지."

유천이 조금은 못마땅한 시선으로 변했다.

그때 자신의 말을 들었으면 김진수도 이 꼴이 되지는 않았을 것이다.

김진수가 머뭇거리다 체념한 듯 술술 이야기를 꺼냈다.

"그때 너 대신 투자한 사람이 있어. 그런데 그 사람이 나한테 투자한 돈을 돌려달라고 생야단이야."

"그건 또 무슨 개소리야?"

유천이 어이없다는 듯이 바라보자 김진수가 한숨을 푹 내쉬었다.

"나 때문에 돈이 날아갔다고 당장 내놓으래."

"아니, 네가 돈이 어디 있다고."

"돈이 없으면 눈을 팔든지 신장을 팔든지 알아서 하라는 거야."

가만히 이야기를 듣던 유천이 덤덤하게 물었다.

"얼마 투자했는데?"

"1억 5천."

순간 유천은 자신이 가진 돈을 확 줘버릴까 하는 생각이 들었지만 이내 접었다. 목숨을 걸고 번 돈이다.

게다가 들어보니 투자자의 억지 주장이다. 거기에 생각이 미치자 유천이 못마땅한 어투로 입을 열었다.

"야, 투자라는 게 실패하면 다 날아가는 거잖아."

"그런데 억지를 부려."

"제대로 설명해야지."

유천이 강하게 나가자 김진수가 고개를 살래살래 흔들었다.

"말이 전혀 통하지가 않아. 게다가 좀 거친 사람들이야."

"거칠다니?"

"알고 보니 투자자가 대부업계 사장이었어. 처음에는 몰랐는데 일이 이 지경이 되다 보니 알게 되더라."

가만히 듣던 유천이 농담 비슷하게 한마디 했다.

"너 잘하는 거 있잖아. 살짝 피신하는 거."

"그게 이번엔 뜻대로 안 돼. 내가 사라지면 식구들을 가만 안 놔두겠대."

"개새끼들이 맞네."

유천의 입에서 싸늘한 목소리가 흘러나왔다. 김진수가 유천의 손을 잡았다.

"좀 도와줘."

"내가 어떻게?"

유천이 묻자 김진수가 머뭇거렸다.

"그게……."

"빨리 얘기 안 하면 나 그냥 간다. 나 할 일 많은 거 알지?"

"아니. 애, 얘기할게. 그자들이 너를 데려오라고 하더라."

"나를? 나를 왜?"

유천이 놀라자 김진수가 체념한 듯 술술 털어놨다.

"그때 투자 받은 돈을 너한테 줬잖아."

"다 받지는 못했지. 1억 받았는데."

"받은 돈 다 토해내라는 거야."

"이거 골 때리는 놈들일세. 그래서 나보고 오라는 거야?"

유천이 버럭 화를 내자 김진수가 더욱 작아졌다.

"미안해. 못 들은 걸로 해. 내가 알아서 수습할게."

"자신 있어?"

"……."

김진수가 침묵하자 유천의 입꼬리가 올라갔다.

"보고 싶다니 만나야지."

"안 돼. 위험해."

처음과 달리 김진수가 완강하게 막았다.

그 한마디가 유천의 마음을 흔들었다.

만약 김진수가 자신만 살려고 고집을 피웠다면 유천은 냉정하게 갈길 찾아갔을 것이다.

그러나 마지막에 이성을 찾은 김진수의 말에 유천이 싱긋 웃었다.

"가보자고."

"유천아, 위험해."

"괜찮다니까."

"걔들은 그냥 동네 양아치들이 아니야. 진짜 잔인한 놈들이라고."

"잔인?"

"그래. 무서운 작자들이야."

부르르 떨며 하는 김진수 말에 유천이 싱긋 웃었다.

한국 땅에서 설치는 인간들이 잔인해 봐야 얼마나 잔인할까 하는 생각이 들었다.

자신이 외국에서 한 일을 김진수가 안다면 까무러칠지도 몰랐다.

유천이 김진수의 팔을 잡고 일어섰다.

"가자."

"안 돼, 유천아. 내가 실수했어. 못 들은 걸로 해."

김진수가 더욱 질린 얼굴로 말하자 유천이 싱긋 웃었다.

"괜찮다니까."

"안 된다니까."

두 사람이 실랑이를 벌이자 이주봉이 다가왔다.

"얼핏 이야기는 들었습니다. 형님, 저랑 같이 가시죠."

"넌 안 돼."

"왜 안 됩니까?"

볼멘소리로 반박하는 이주봉을 보고 유천이 한마디 했다.

"너 군대에서 뭐 배웠냐?"

"……."

침묵하는 이주봉에게 유천이 다시 한 번 쏘아붙였다.

"사람 죽이는 것만 배웠잖아."

"살짝 치면 됩니다."

"관둬라. 일만 커진다. 나 혼자 갔다 올게."

"저쪽은 혼자가 아닐 텐데요."

"그래서?"

유천이 덤덤하게 반문하자 이주봉이 입에 침을 튀기며 말했다.

"한 손보다는 두 손이 낫지 않겠습니까?"

"차라리 한 손이 편해. 헛소리하지 말고 따라올 생각 하지 마."

"전 그렇게는 못합니다."

악착같이 버티는 이주봉에 유천이 눈매를 좁혔다.

"이제 형 말도 안 듣냐?"

"들을 게 있고 안 들을 게 있습니다."

"이번엔 들어라. 네가 가면 일이 커져. 내가 조용히 수습할게."

"어떻게 말입니까?"

이주봉이 묻자 유천이 담담하게 대답했다.

"잘 해결하면 되지."

"정말이십니까?"

"그래."

유천의 말에 이주봉이 오해했다. 유천이 대화로 풀겠다는 걸로 들었는지 이주봉이 한발 뒤로 물러섰다.

"그럼 좋습니다. 만약 위험한 일이 생기면 연락하십시오."

"그럴 일 없을 거다. 진수야, 얼른 가자."

유천이 서두르자 김진수가 다시 유천의 앞을 막았다.

"유천아."

유천이 김진수에게 밝게 말했다.

"연락해."

"유천아."

"어서."

유천의 묵직한 목소리에 김진수가 어쩔 수 없이 휴대폰을 들었다.

"김진수입니다. 아, 네, 네."

통화를 마친 김진수를 보고 유천이 말했다.

"어디서 보자냐?"

"사무실 쪽으로 오라는데?"

"어서 가서 끝내고 오자."

유천의 뜻이 워낙 확고했기에 김진수는 더 이상 말하지 않았다. 뒤에 있던 이주봉이 영 마음에 들지 않는 듯 투덜거렸다.

"제길."

"주봉아, 내일 보자."

유천의 말에 힘이 가득 실렸다.

이주봉은 유천의 성격을 잘 알고 있다. 일단 결정을 내리면 그 누가 뭐라고 해도 흔들리지 않았다.

너무도 잘 알기에 이주봉이 투덜거리며 뒤로 돌아섰다.

"잘못되시면 저 형님 용서하지 않습니다."

"웃기는 소리 하지 말고 발이나 닦고 자."

억지로 이주봉을 보내고 유천이 씩 웃었다.

"진수야."

"어, 유천아."

"택시비 많이 나오겠다."

뚱딴지같은 소리에 김진수의 눈이 커졌다.

"도대체……."

"가자고."

김진수의 손을 잡고 유천이 앞으로 걸음을 옮겼다.

한 시간여가 지난 후 한 빌딩 앞에 도착한 유천이 2층을 바라보며 김진수에게 물었다.

"저기냐?"

"그래. 다시 한 번 말하지만 여기서라도……."

"들어가자."

김진수의 말을 자른 유천이 걸음을 성큼성큼 옮겼다.

그때 김진수의 휴대폰이 울렸다.

따르릉.

"여보세요? 아, 네. 유천아, 잠깐만."

김진수가 유천을 잡아 세웠다.

"무슨 일이야?"

"문자 보낸 주소로 오래."

"왜 이렇게 성가시게 하냐? 이 새끼들, 택시비 줄 것도 아니면서."

"잠시만."

유천의 분노에 김진수만 공연히 쩔쩔맸다.

잠시 후 김진수의 휴대폰으로 온 문자를 본 유천이 씩 웃었다.

"재밌는 일이네?"

보내준 주소를 보니 분명히 사람들이 북적이는 시내가 아니었다.

경기도 광주, 그것도 한적한 시골구석이었다.

유천은 상대의 속셈을 어느 정도 짐작할 수 있었지만 두려움은 전혀 없었다.

하지만 김진수의 입장은 달랐다.

"유천아, 그냥 가. 내가 해결할게."

"진수야, 너 그거 아냐?"

"뭐?"

"피할 수 없으면 깨부수는 거야. 가자."

묵직한 유천의 말에 김진수가 기겁했다.

"유천아!"

"택시비 많이 나오는 거리라 짜증날 뿐이야."

"넌 뱃속이 간으로 꽉 찬 거야?"

김진수의 어이없어하는 표정을 싹 무시하고 유천은 바로 지나가는 택시를 잡아 올라탄 후 소리쳤다.

"뭐해?"

유천이 재촉하자 김진수는 할 수 없이 택시에 올랐다.

부웅!

택시가 출발하자 김진수가 유천을 바라보며 뭐라고 말하려다 입을 다물었다. 그때서야 유천이 씩 웃으며 김진수에게 말했다.

"잘 생각했다. 형이 해외에서 바로 들어와서 좀 피곤하다. 한숨 잘게."

그리고 바로 눈을 감아버렸다. 그런 유천을 바라보던 김진수는 혀를 내둘렀다. 자신이라면 도무지 보일 수 없는 배짱이다.

"하아."

오랜 친구이지만 그가 살아온 인생이 도무지 짐작도 되지 않았다.

다시 한 시간여를 달린 택시는 한적한 경기도 광주 쪽으로 들어섰다.

어느새 눈을 뜬 유천이 사방을 바라보며 말했다.

"참 촌구석으로 오라 한다."

"……."

옆에 있던 김진수는 아무 말도 하지 않았다.

끽!

택시가 서고, 기사가 말했다.

"여기입니다."

"수고하셨습니다."

택시비를 지불한 유천이 서둘러 내렸다. 주변을 둘러보던 유천이 씩 웃었다.

"저기군."

더 생각할 것도 없었다. 근처에 집이라고는 단 한 채밖에 없었다.

유천의 눈에 2층 전원주택이 가득 들어왔다.

저벅저벅.

유천이 망설임없이 앞으로 걸어가자 김진수가 곧장 따라붙었다.

그런데 다리가 후들후들 떨리는 게 어지간히 겁에 질린 모양이다.

"유천아, 네가 안 겪어봐서 그러는데……."

"그놈들이 너한테 행패라도 부렸냐?"

"행패 정도가 아니야."

"그래? 그럼 빚 갚아야지."

유천은 김진수에게 씩 웃음을 지어 보였다.

"대비를 해야 해. 저놈들 무서워."

"글쎄."

유천은 심드렁한 반응만 보일 뿐이다.

김진수는 그런 유천을 보고 도저히 말릴 용기가 나지 않았다. 그저 덜덜 떨리는 걸음으로 따라갈 뿐이다.

그런데 걸어가던 유천의 눈빛이 한순간 번쩍였다. 전혀 예상치 못한 상황을 만난 듯 당혹스러워하는 모습이다.

'이건?'

집에 다가설수록 분명히 몸에 익은 기운이 점점 더 진하게 느껴졌다. 분명히 아프가니스탄에서 느낀 기운과 똑같았다.

어찌 된 영문인지 모르지만 분명한 건 하나였다.

저들이 자신을 불렀다.

'그랬단 말이지?'

그제야 왜 김진수를 엮어 자신을 끌어들이려고 했는지 알 수 있었다.

"별거로 다 엮네. 그냥 담백하게 전화하면 되지."

중얼거리는 유천의 말에 김진수가 화들짝 놀라며 다가섰다.

"무슨 일인데?"

"진수야, 너 나한테 미안해하지 않아도 돼."

"그건 또 무슨 소리야?"

김진수가 어리둥절한 표정을 짓자 유천이 어깨를 가볍게 으쓱였다.

"어쩌면 이번 일은 내 탓일지도 모르겠다."

"왜 그게 네 탓이야?"

"가서 보면 알겠지."

유천은 뜻밖의 상황에도 별 흔들림 없이 앞으로 나갔다.

그러나 이미 몸은 평소와는 달리 잔뜩 긴장되어 있는 상태였다.

물론 두려움은 아니었다. 적이 있다면 당연히 몸은 싸울 준비를 끝마쳐야 했던 탓이다.

이층집으로 다가서자 현관에 서 있던 청년이 유천의 앞을 막았다.

"정유천 씨입니까?"

끄덕.

유천은 대꾸하기도 싫어 행동으로 보였다. 순간 청년의 눈썹이 살짝 치켜 올라갔다.

"존댓말 쓰니까… 컥!"

눈으로 봤다 해도 믿기 힘든 빠른 동작이었다. 비명을 지르는 청년의 목을 부여잡은 유천이 으스스한 어투로 말했다.

"까불지 마라."

유천이 망설임없이 청년을 하늘로 치켜 올렸다. 한 손으로 족히 80킬로그램이 넘는 거구의 남자를 허공으로 들어 올린 것이다.

"으으."

남자는 숨이 막힌 듯 허공에서 팔과 다리를 허우적거리며 얼굴이 새파랗게 질렸다.

그렇게 10여 초 동안 잡고 있던 유천이 귀찮다는 듯 손을 뿌리쳤다.

쿵!

바닥에 떨어진 청년이 고통스러운 듯 목을 부여잡고 비틀거렸다. 잠시 그 모습을 지켜보던 유천이 쓰러진 청년에게 말했다.

"안내해."

"……."

이미 공포에 질린 탓이지 별다른 대꾸조차 하지 않았다.

그래도 화가 나는지 청년이 사나운 눈초리로 유천을 째려봤다.

순간 유천의 입에서 다시 한 번 거친 말이 튀어나갔다.

"죽고 싶냐?"

청년은 다시 얼굴이 하얗게 질려 말없이 현관 쪽으로 움직였다. 이미 기선을 제압당해 두려워하는 눈빛이 역력했다.

뒤에서 따라오던 김진수가 혀를 내둘렀다. 막상 유천의 실력을 보니 기가 막힐 지경이었다.

"유천아."

"때론 말보다 빨라."

유천은 언제 그랬냔 듯 김진수에게 화사한 미소를 보였다.

잠시 전과 너무도 다른 유천의 표정에 김진수는 정신이 없었다.

현관 쪽으로 다가서자 청년이 컥컥거리는 목소리로 말했다.

"김진… 수, 당신은 여기 있… 어."

"나이도 어린 새끼가 어따 대고 반말을 찍찍거려?"

기다렸단 듯 유천의 사나운 대꾸가 터져 나가자 청년이 움찔했다.

"치, 친구분께서는 여기 잠깐 계십시오."

"새끼, 얻어맞더니만 정신 차렸군. 안내해."

그러자 뒤에 있던 김진수가 유천의 소매를 잡았다.

"유천아, 어쩌려고?"

"넌 여기 있는 게 좋아."

유천은 이미 짐작하고 있었다.

자신을 부른 자들은 결코 대부업자들이 아니었다. 흔적 없이 그 뒤에 숨어 있는 인물들이 분명했다.

그들은 김진수를 보고자 한 것이 아니었다. 그렇다면 돈을 원한 건 아니라는 판단이 섰다.

자신과의 만남을 바라는 게 분명했다.

생각하는 사이 김진수가 반발했다.

"같이 가."

"까불지 말고 여기 있어."

그 말을 끝으로 유천은 안으로 들어갔다. 뒤에 남은 김진수가 허탈한 표정을 지었다.

유천이 거실로 들어서자 40대 중반의 남자가 앉아 있다.

배가 불룩 나오고 쭉 찢어진 눈만 봐도 그리 선한 이미지는 아니었다. 거기에 팔목엔 용 문신이 그려져 있었다.

그러나 유천은 곧 그 남자에게 관심을 껐다.

맞은편 소파에 앉아 있는 두 남자, 그들을 보는 순간 유천은 고개를 끄덕였다.

두 외국인의 몸에서 풍기는 기운은 분명히 익숙하다.

'확실하네.'

다시 또 만난 인연이다.

삼십 대 중후반으로 보이는 중동계 외국인이었다.

아프가니스탄에서 오래 지냈던 터라 첫눈에 알아볼 정도였다.

더 확실한 건 평범한 사람이 아니란 사실이었다.

살짝살짝 드러나는 눈빛만 봐도 예사로운 기운이 아니었다.

유천은 별다른 안색의 변화 없이 그쪽으로 걸어갔다. 그러자 외국인 중 나이가 들어 보이는 남자가 입을 열었다.

"잠깐 자리 좀 비켜주시죠."

"아, 네."

"고맙소."

다소곳이 앉아 있던 40대 중년인이 쩔쩔매며 자리에서 일어섰다.

그는 유천을 한 번 흘깃 보더니만 뒤따라온 청년에게 말했다.

"나가서 기다리자."

"네, 사장님."

잠시 후 두 사람이 나가자 유천이 작게 중얼거렸다.

"개나 소나 사장이야."

그 말을 끝으로 유천은 맞은편 소파에 털썩 주저앉았다. 이제야 두 남자의 얼굴을 자세히 볼 수 있었다.

다시 봐도 중동 쪽 사람들이다.

약간 검은 얼굴에 이목구비가 뚜렷한, 어찌 보면 아시아와 유럽을 섞어놓은 듯한 이미지이다.

유천이 자리에 앉자 왼쪽에 앉은 남자가 다시 입을 열었다.

"이스마리라고 불러주시면 됩니다. 우선 만나서 반갑습니다."

"글쎄, 별로 반갑진 않습니다만."

유천의 비웃는 듯한 말에 이스마리가 싱긋 웃었다.

"우리는 정유천 씨를 오래전부터 관찰하고 있었습니다."

"관찰이라, 그리 기분 좋은 일은 아니죠. 이유는?"

유천은 어느 정도 짐작하면서도 다시 한 번 물었다. 그러자 이스마리가 유천에게 눈빛을 번뜩였다.

"혹시 전에 우리와 비슷한 한 남자를 만나지 않으셨나요?"

"그런 기억 없습니다."

분명히 한국에서 자신을 공격했던 사람을 지칭하는 것이니라.

유천이 시치미를 떼자 이스마리가 검은 얼굴에 어울리지 않는 하얀 이를 드러냈다.

"하긴 만났든 안 만났든 그게 중요한 일은 아니지요. 그것을 따지려는 건 아닙니다."

"그런데 왜 묻습니까?"

유천이 말하자 이스마리가 어깨를 으쓱였다.

"그냥 궁금해서 물었습니다. 실은 정유천 씨를 만난 건 한 가지 협상을 위해서입니다."

"협상이라, 말씀하시죠."

"우리는 정유천 씨가 아프가니스탄에서 묘한 인연을 얻은 걸 알고 있습니다."

그 순간 유천의 입에서 한마디가 튀어나갔다.

"혹시 보이지 않는 그림자, 그쪽 사람입니까?"

"아닙니다. 그들은 그저 애완용 고양이 정도죠."

자신만만한 이스마리의 말에 유천의 눈빛이 살짝 흔들렸다.

"애완용 고양이라, 언제부터 인간이 고양이가 됐는지는 모르지만 뭐 그렇다고 칩시다."

"단도직입적으로 말씀드리지요. 우리는 정유천 씨가 얻은 인연이 필요합니다. 저희와 거래를 했으면 싶습니다."

"거래라니, 무슨 소리입니까?"

"혹시 다른 걸 보지 않으셨나요?"

이스마리의 눈에 기대가 서려 있다.

유천은 순간 그들이 무엇을 원하는지 알 수 있었다. 내심 차갑게 비웃으며 유천은 담담한 어투로 말했다.

"아홉 명에 대한 내용 말인가요?"

"그겁니다!"

잔뜩 흥분한 이스마리의 목소리가 들린다.

처음과는 달리 점점 목소리가 올라가는 걸 보니 심리적으로 상당히 격앙된 게 한눈에 보인다.

유천은 그런 그들을 바라보면서도 끝까지 냉정을 잃지 않았다.

"그게 무슨 협상거리가 됩니까?"

"거기서 혹시 바람에 대한 이야기가 있었습니까?"

유천은 얼핏 본 기억이 났기에 고개를 끄덕였다.

"있었죠."

"그걸 저희에게 주시죠."

"내가 왜요?"

유천이 강하게 반발하자 이스마리가 말했다.

"무엇을 원하는지 말씀만 하십시오. 돈이라면 얼마든지 드리겠습니다."

"돈이라……."

유천이 중얼거리며 창밖을 바라봤다.

2장

두뇌싸움

　이들이 뭘 원하는지는 확실히 알 수 있었지만 순순히 내줄
생각은 없었다.

　유천의 생각은 단 한 가지로 움직이고 있었다. 첫눈에 봐도
두 사람 모두 그다지 좋은 인상이 아니었다.

　힘을 준다면 무슨 짓을 할지 모르는 작자들.

　유천이 내린 결론이다. 다 떠나서 자신을 위협할 능력을 그
냥 줄 성격도 아니다.

　그러나 겉으로는 내색하지 않았다.

　'역으로 걸자.'

유천은 내심 결정을 내렸다.

유천은 이번 기회를 통해 궁금한 걸 낱낱이 알아볼 생각이었다.

그러기 위해서 일단 얼굴 표정부터 바꾼 유천이 최대한 부드럽게 말했다.

"거래하기 전에 한 가지 궁금한 게 있습니다."

"편하게 말씀하세요."

이스마리가 처음의 냉정함을 잊고 얼른 달려들었다.

유천의 표정 변화를 감지한 것이다. 일이 잘 풀릴 거라고 생각한 이스마리의 얼굴에 희색이 떠올랐다.

유천은 그 틈을 놓치지 않았다.

"총 아홉 명 중 몇 명의 후인이 남아 있습니까?"

"그건 왜요?"

"귀찮게 매번 찾아올지도 모르지 않습니까?"

"제가 알기론 다섯 명의 후인이 남아 있습니다만, 그중 유천 씨 존재를 아는 건 우리뿐입니다."

"다섯이라, 나머지 네 명의 후인은 흔적도 없이 사라졌다는 건가요?"

"아직까지는 그렇습니다."

유천은 다행이라는 생각이 들었다.

'아홉보다는 다섯이 낫지.'

그러나 겉으로는 어떠한 표정 변화도 드러내지 않았다.

"어디까지 알고 있는 겁니까?"

"무슨 말씀입니까?"

이스마리는 최대한 예의를 갖추고 있었다. 위에서 지시가 있었기에 유천을 함부로 대할 수 없었다.

유천은 그 점을 십분 활용했다.

"당신들이 필요한 것이 어디까지인지 알고 싶습니다."

"그건……."

"뭐 곤란하시면 말 안 해도 됩니다. 저도 생각이 달라지네요."

"지금 그쪽 말씀은 전부 다 알려주지 않겠다는 건가요?"

"거래의 내용에 따라 달라지겠죠."

유천이 살짝 뒤로 한발을 빼자 이스마리가 애가 타는 표정으로 변했다.

"원하시는 건 뭐든지 들어드리겠습니다. 여자라면 수십 명쯤 눈 돌아갈 만한 미녀로 데려다 드리죠. 중동 여자들, 눈 돌아갑니다."

"하긴 중동 여자가 예쁘기는 하더라고요."

"말씀만 하십시오. 돈이면 돈, 여자면 여자, 모두 준비하겠습니다."

"충분한 자금력이 있나 보죠?"

"유천 씨가 만족해할 정도는 됩니다."

이스마리의 말이 거짓이 아닐 거라는 판단이 섰다. 저들 중 최고 리더가 아닌 이상 알기 힘들지도 몰랐다.

유천은 이쯤에서 얘기를 끝내기로 했다.

"당장 결정하기는 어렵고, 내일 다시 만납시다."

"그러시죠. 하루 정도 생각할 시간을 드리겠습니다."

분위기가 화기애애해하자 이쯤에서 유천이 김진수의 일을 꺼냈다.

"그건 그렇고, 내 친구 빚에 대해서 얘긴데요."

"그 돈은 걱정하지 마십시오. 우리가 알아서 처리하겠습니다."

이스마리는 김진수의 일 정도는 대수롭지 않게 여겼다. 유천이 싱긋 웃으며 말했다.

"확실히 하려면 밖에 있는 사장에게 말해야 될 것 아닙니까?"

"기다리시죠."

조용히 듣고 있던 한 남자가 일어나 밖으로 나갔다. 그가 다시 중년인을 데려오는 데는 채 1분도 소요되지 않았다.

중년인이 들어오자마자 공손하게 말했다.

"무슨 전할 말씀이라도?"

"정유천 씨 친구 분에 대한 빚은 없던 걸로 하세요."

"네, 그러겠습니다."

두말도 하지 않았다.

유천은 그 한마디로 모든 상황을 짐작할 수 있었다. 보나마
나 대부업자에게 자금을 대고 있는 게 분명했다.

'가지가지 한다.'

그만큼 자신이 저들에게 중요한 인물이라는 것 하나만은
기분 나쁘지 않았다. 그러나 그리 좋은 일도 아니었다.

유천은 이야기가 끝나자 바로 자리에서 일어섰다.

"내일 이 자리에서 오후 두 시에 뵙도록 하죠. 오늘은 내가
조금 피곤해서."

"푹 쉬고 오십시오. 기다리겠습니다."

이스마리가 정중하게 고개를 숙였다. 그러나 유천은 보이
는 것을 다 믿지 않았다. 곧바로 밖으로 나가기 전에 중년인
에게 물었다.

"이제 진수한테는 절대 나타나지 않을 거죠?"

"그러겠습니다."

공손하게 유천을 대하는 모습이다. 유천은 만족한 듯 고개
를 끄덕이며 한마디 했다.

"다시 보지 맙시다."

중년인이 대꾸하기도 전에 밖으로 나가자 안절부절못하고
있는 김진수가 그를 기다리고 있었다.

"진수야, 가자."

"어떻게 됐냐?"

"잘 풀렸어. 앞으로 너에게는 아무런 연락도 오지 않을 거야."

"저, 정말이야?"

김진수가 깜짝 놀란다. 유천은 그런 김진수에게 생색을 냈다.

"이거 해결하느라 나 힘들었다."

"그 돈 어떻게 하냐?"

전혀 상황을 모르는 김진수로서는 당연한 질문이다.

김진수는 유천이 멀쩡하게 나온 걸 보고 돈으로 해결했다고 오해했다. 유천은 그런 오해를 굳이 풀어줄 생각이 없었다.

이번 기회에 김진수를 확 잡아놓아야 앞으로 피곤한 일이 없을 것이다.

김진수는 조금 고집이 세고 욕심이 있지만 그것만 제외하면 훌륭한 파트너가 될 소질이 다분했다.

최소한 친구에게 거짓말할 위인은 아니었다.

"가면서 이야기하자."

"유천아."

"가면서 이야기해."

살짝 미소를 지었지만 은연중에 풍기는 기운에 찔끔한 김진수가 더 이상 말하지 않고 대로 쪽으로 걸음을 옮겼다.

전원주택과 대로의 중간쯤 갈 무렵 다섯 명의 남자가 유천의 앞을 가로막았다.

시선을 들어 그들을 바라보던 유천은 낯익은 얼굴을 보곤 싸늘하게 웃었다.

"웬일이냐?"

"이 개새끼, 나를 이렇게 만들고 무사히 갈 줄 알았나?"

독기를 드러내는 남자는 현관 앞에서 유천에게 박살 났던 바로 그자였다.

옆에 서 있던 남자들을 둘러보던 유천이 씩 웃고 말았다.

모두 껄렁껄렁한 행색에 하나같이 불량스러운 자세들이었다.

유천은 청년을 바라보며 한마디 했다.

"그래서 복수하려고?"

"이 새끼! 오늘이 네 제삿날인 줄 알아라."

"제삿날이라. 너 그거 아냐?"

"뭐 말이야?"

청년이 으르렁거리자 유천이 오히려 더 저음으로 말했다.

"남을 죽이려는 자, 본인도 뒤질 수 있다는 거."

"이 새끼가. 야, 쳐!"

청년의 눈에 약간의 두려움이 스쳤다.

워낙 유천에게 심하게 당했던 터라 공포감이 아직 남아 있는 모양이었다.

남자들이 다가오자 유천이 한마디 했다.

"까불지 말고 숨겨놓은 흉기들도 꺼내."

"뭐?"

주춤거리는 남자들에게 유천이 다시 말했다.

"맨주먹이라 당했다는 이런 개소리 하지 말고. 어서 꺼내."

"이 자식이!"

막 달려드는 순간 청년이 동료들에게 한마디 했다.

"야, 꺼내서 쑤셔. 저 새끼 보통 놈 아니야."

그에 남자들 모두 일제히 칼과 쇠파이프들을 꺼내들었다.

"그래. 아주 좋잖아."

유천은 담담하게 말하며 아무런 거리낌 없이 앞으로 다가섰다.

"죽여!"

휙!

칼이 곧바로 유천의 몸으로 날아들었다.

뒤이어 쇠파이프가 유천의 머리를 두 쪽으로 쪼갤 듯이 거칠게 밀고 들어왔다.

유천의 눈은 아주 조용히 가라앉아 있었다.

유천의 시야에는 상대 칼의 흔들림, 그리고 쇠파이프의 방향이 거의 한눈에 들어왔다.

슥.

유천은 가볍게 칼을 피하며 왼손으로 상대의 배를 가볍게 쳤다.

퍽!

아주 가벼운 손짓이었지만 당하는 사람은 달랐다.

"컥!"

바로 입에서 피를 토하며 바닥에 쓰러졌다.

"죽어! 새꺄."

옆에서 쇠파이프가 날아왔다. 유천은 손을 들어 막아갔다.

"헉!"

놀란 건 쇠파이프를 휘두른 남자였다. 쇠파이프를 맨손으로 막은 유천은 끄떡없이 손바닥으로 남자의 옆구리를 후려쳤다.

퍽!

"큭!"

힘없이 쓰러지는 남자의 모습이 애처로울 정도였다.

유천은 거기서 멈추지 않았다. 바람같이 움직이며 나머지 두 명에게 다가섰다.

"저, 저리가, 이 새끼야!"

겁에 질린 두 사람이 뒤로 물러섰다.

자신들의 동료가 힘없이 당하는 모습을 보자 그들도 덜컥 두려움이 치밀었던 탓이다. 하지만 유천이 멈추지 않고 다가섰다.

"물러서라고 이 새끼야!"

두 사람은 고함치며 칼을 휘둘렀다. 그러나 마구잡이로 휘두르는 칼에 맞을 유천이 아니었다.

유천은 칼의 빈틈을 노려 팔목을 잡아갔다.

두둑.

손목이 꺾이는 소리와 함께 두 사람이 비명을 질렀다.

"아악!"

유천은 부드럽게 팔꿈치로 가슴을 후려쳤다.

퍼벅!

"큭!"

짧막한 신음과 함께 두 사람이 땅에 쓰러져 고통스러운 듯이 손으로 땅을 후벼 파고 있었다.

이제 남은 한 명.

청년에게 다가서는 유천이었다.

"아아악! 저리 가!"

공포에 질려 도망가려는 순간 유천이 목덜미를 잡았다.

두둑.

유천은 가볍게 목을 틀어 힘을 쭉 뽑아 놨다. 그리고는 가볍게 등허리를 쳤다.

퍽!

쿵!

역시 땅에 쓰러져 비틀거리는 청년이었다. 유천은 그제야 손을 털었다.

탁. 탁.

시선을 돌려 뒤를 보자 김진수가 놀란 표정으로 바라보고 있었다.

"유천아."

"신경 쓰지 마. 난 적에게만 이래."

"너… 이, 이 정도였어?"

"이거 가지고 놀라면 안 되지. 앞으로 놀랄 일이 수두룩할 텐데. 잠깐만 기다려."

유천은 김진수와 대화를 멈추고 청년에게 다가섰다. 그리고는 목덜미를 잡고 질질 숲 속으로 끌고 들어갔다.

"으윽! 잘못했습니다."

"잘못한 거 아니까 가만히 있어라."

"제, 제발."

"여기다가 묻어버리면 아무도 모르겠지?"

"⋯⋯."

청년이 순간 공포에 질려 아무런 말도 하지 못했다.

"너 그거 아냐? 시체를 못 찾으면 아무런 증거가 없어."

"제, 제발 살려주십시오."

빡!

유천이 청년의 얼굴을 후려쳤다.

"크윽!"

대번에 입술이 터지며 피가 주르륵 흘러내렸다.

"꼭 너 같은 새끼들 때문에 이 세상이 발전이 없어, 자식아."

"사, 살려만 주십시오."

"살려주면?"

"무슨 일이든지 하겠습니다."

유천은 청년의 표정을 바라봤다.

지극히 공포에 질려 있어 앞으로 자신에게 나타날 생각은 꿈도 꾸지 못할 것이다.

"앞으로 내 눈에 띄면 어떻게 된다고?"

"저, 절대 안 나타나겠습니다."

"나타나면? 그때는 정말 죽는다."

"알겠습니다."

청년은 무조건 고개 끄덕이기에 바빴다.

유천은 그제야 청년을 다시 끌고 나와 아무렇게나 던져 버렸다.

쿵!

"크윽."

허리에 둔중한 통증이 있었지만 청년은 끽소리 하지 못했다.

그제야 유천은 김진수에게 말했다.

"가자."

"이, 이대로 가도 돼?"

"그럼. 친절하게 병원에 데려다 주리?"

"괜찮을까?"

"별로 안 괜찮겠지."

태연한 유천의 말에 김진수가 기겁했다.

"그럼 어떻게 되는 건데?"

"앞으로 힘쓰기도 힘들고 당분간은 밥 먹기도 힘들 거야."

"……."

질린 듯 김진수가 입을 꾹 다물자 유천이 말했다.

"저런 자식들은 화끈하게 건드려야 돼. 가자. 시간 없다."

"어, 그래."

김진수가 공포에 질린 모습을 하자 유천은 내심 웃고 말왔다.

만약을 위해 움직인 유천의 계산은 적중했다.

귀찮은 인간들 아작 내고 더군다나 부수입으로 김진수까지 얻은 기분이었다.

'일진이 좋은 날이네.'

유천이 내심 중얼거릴 뿐이었다.

김진수와 헤어져 혼자 남은 유천은 장고에 들어갔다. 드디어 우려했던 일이 벌어졌고, 저들이 찾아왔다.

앞으로 자신이 어떻게 처신하느냐에 따라 미래는 송두리째 바뀔 수도 있었다.

유천은 일체의 감정을 배제한 채 냉정하게 판단하려 애썼다.

자신은 혼자이고 저들은 몇인지 아직 모른다. 그렇다면 어떤 방법이 최선일지 생각하자 유천은 골머리가 지끈 아파왔다.

그러나 전보다 훨씬 명석해진 머리는 이번 일에 대해서 하나부터 열까지 분석하며 결과를 추측했다.

무려 여섯 시간 동안의 장고를 마친 유천이 희미하게 미소를 띠었다.

"이대로."

유천은 한 번 결정한 것에 대해서 후회할 마음을 아예 품지 않았다.

후회할 바에야 한 번 더 생각하는 것이 옳았다. 그러나 몇 번을 생각해도 이 이상의 방법이 없다고 생각되자 유천은 생각을 접었다.

이제는 쉬어야 할 시간이었다.

"어머니 보기 힘드네."

이번 일을 처리하기 전엔 어머니 만나는 걸 미뤄야 할 것 같았다.

다음 날, 약속 시간이 되자 유천은 전원주택 현관으로 들어섰다.

대부업체 사장은 보이지 않았다.

오로지 두 명의 중동 남자가 자신을 맞이할 뿐이다.

유천은 천천히 걸어 맞은편 소파에 앉았다.

어제 얘기했던 이스마리가 목이 타는 듯 갈라진 목소리로 물었다.

"결정은 내리셨습니까?"

"내리기 전에 저도 일단 알아야 될 게 있지 않겠습니까?"

"말씀하시지요."

유천의 말투에 희망을 본 이스마리가 눈빛을 반짝였다. 유천은 그런 이스마리에게 다시 물었다.

"그쪽 분은 어느 정도 위치입니까?"

"위치라니요?"

"적어도 저를 만나러 올 때는 격을 맞춰야 하지 않겠습니까?"

"옳은 말입니다. 그러나 이번 협상의 책임자는 저라고 보시면 됩니다."

협상을 위해 이스마리가 술술 대답했다.

그 말 한마디로 유천은 모든 것을 파악했다.

그렇다면 이스마리가 꽤 높은 지위에 있음이 분명했다. 저들 입장이라면 협상 성공을 위해서라도 실권자를 보냄이 당연했다.

그러나 유천은 거기서 멈추지 않았다.

"그쪽 인원은 대략 얼마나 됩니까?"

"그건 말씀드리기 곤란합니다."

딱 자르는 이스마리의 말에 유천은 더 이상 묻지 않았다. 공연히 물어봐야 피곤한 일만 생길 뿐이다.

다만 유천은 자신이 궁금한 것을 물었다.

"만약 우리 협상이 성공한다면 관계는 어떻게 되는 겁니까?"

"서로 돕고 사는 사이가 되는 거죠."

"그전에는 원수도 그런 원수가 없었을 텐데요."

"아주 오래전 이야기입니다. 지금은 실리를 추구하는 세상 이지요."

이스마리는 유들유들하게 말했으나 유천은 전혀 흔들리지 않았다.

"그렇다면 그쪽이 원하는 걸 전해준다면 서로 모르는 척한 다는 건가요?"

"이해타산이 맞다면요."

"한 가지 더. 도대체 당신 조직은 무슨 일을 하는지 알아야 겠습니다."

"그건……."

이스마리가 주춤거리자 유천은 강하게 나갔다.

"알지 못한다면 언젠가는 부딪칠 수도 있지 않습니까?"

"말씀드리기 곤란합니다."

또 한 번 자르는 이스마리의 말에 유천이 고개를 저었다.

"협상할 생각이 없나요?"

"아닙니다. 분명히 있습니다. 일단은 보상금을 말씀하시지 요."

이스마리의 말에 유천이 차갑게 눈빛을 굳혔다.

"거절합니다."

"네?"

"이렇게 얘기가 안 통해서야 어떻게 협상이라고 할 수 있습니까. 그러니까 거절이라고요."

"지금 거절이라고 했습니까?"

이스마리의 목소리도 대번에 싸늘해졌다.

유천은 그 정도에 콧방귀도 뀌지 않았다.

"협상이라는 것은 서로 카드를 보여주고 움직이는 겁니다. 그런데 당신은 뭘 보여줬소?"

유천의 말에 잠시 바라보던 이스마리가 차갑게 말했다.

"정말 거절입니까?"

"그렇습니다."

그 말에 이스마리가 비웃음을 터뜨렸다.

"그거 아나?"

"뭘?"

두 사람의 말투도 어느새 반말로 변했다.

"네가 인연을 얻었다고는 하나 불과 얼마 되지 않아. 우리는 오랜 시간 능력을 갈고닦았지."

"그래서?"

유천이 차갑게 바라보자 이스마리가 말했다.

"죽고 싶지 않으면 주지?"

"이거 봐. 협상의 자세가 안 되어 있잖아."

"뭐라고?"

"협상은 말이야, 협박하는 게 아니야. 더 배워와."

유천이 일어서자 반사적으로 두 사람도 일어섰다. 그중 이스마리가 격분해 소리쳤다.

"날 놀린 건가?"

"그건 아니고 그냥 궁금해서."

"죽고 싶은 거야?"

"지랄하지 마."

"뭐라고?"

"일단 이긴 다음에 이야기하라고."

유천의 말투에 냉기가 쏟아져 나갔다. 이제 결투를 피할 길이 없단 판단이 선 이스마리의 눈빛이 변하며 유천에게 말했다.

"여기서 할 건가?"

가만히 주변을 둘러보던 유천이 고개를 저었다.

"아까운 집 부수지 말고 산으로 올라가지. 소란 피워서 피차 득 될 거 없잖아?"

유천이 먼저 움직이려 하자 이스마리가 말했다.

"도망칠 생각은 하지 않는 게 좋아."

"내가 하고 싶은 말인데?"

유천이 빙그레 웃었다.

유천과 두 사람은 곧 천천히 움직여 깊은 산속으로 들어갔다.

이윽고 인적이 없는 조용한 산속에 자리하자 이스마리가 눈빛을 사납게 빛냈다.

"네놈의 선택이 실수였다는 걸 곧 알게 될 거다. 죽어도 절대 곱게 죽지는 못할 거야."

"자신 있어?"

유천이 빙긋 웃으며 반문하자 이스마리의 입이 살기를 가득 담고 열렸다.

"결국은 실토하게 될걸."

"능력이 있으면 해봐."

유천은 한마디도 물러서지 않았다.

그러자 이스마리가 씩 웃으며 말했다.

"말로는 안 되겠군."

유천은 대꾸하지 않았다. 그저 지켜볼 뿐이다. 이스마리와 남자가 눈빛을 교환하더니만 곧 유천의 좌우로 흩어졌다.

사삭.

보통 사람이 보면 기겁할 스피드였다.

더욱 살벌한 건 그들의 눈빛에는 긴장감이 가득 서려 있다.

그들도 바보는 아닌지라 유천이 만만치 않은 상대임을 짐작하고 있었다.

곧 그들이 가진 능력치를 최대로 끌어올리는 모습이 보인다.

그들의 얼굴이 시뻘겋게 달아오르고 있었다.

"흥분하지 말고."

유천은 오히려 담담하게 말을 받았다.

하지만 유천도 그냥 놀고 있는 건 아니었다. 이미 손과 온몸에 능력을 가득 불어넣고 있었다.

'산뜻하네.'

두 번의 인연을 거푸 얻은 터라 유천은 전과는 확연히 다른 모습이다.

전에는 어딘지 모르게 어색한 모습을 자주 보였다면 지금은 훨씬 자연스러웠다.

유천은 담담하게 그저 적을 노려보며 빈틈을 예리하게 살피고 있다.

'어느 정도지?'

아직까지 유천은 이스마리의 능력을 제대로 파악하지 못했다.

'골치 아프네.'

유천이 고개를 저었다. 두려운 것이 아니고 미지의 적이 귀찮았다.

"찻!"

짧은 기합 소리와 함께 양쪽에서 사나운 바람이 불어왔다.

'음! 바람을 쓴다더니만.'

생각은 짧았고, 유천의 행동은 빨랐다.

순간적으로 몸을 움직인 유천의 발걸음은 거의 눈에 보이지 않을 지경이다.

파방!

곧 유천의 뒤에 있던 아름드리 소나무가 휘청거렸다. 소나무 몸통이 10센티미터가량 움푹 파여 있다.

그 모습을 본 유천이 비로소 미소를 가볍게 지었다. 한 번의 접전으로 상대의 능력을 어느 정도 파악했다.

아직 미흡하다.

보통 사람에 비해 터무니없이 강할지 몰라도 자신에겐 아니란 판단이 섰다. 그것이 자신감을 불러일으켰다.

"무식한 놈들이라 자연보호도 모르네."

"죽어!"

다시 한 번 달려든 두 사람의 눈빛에는 사나움이 넘실거렸다.

살기.

유천의 팔다리 하나쯤은 꺾어버리겠단 의지가 엿보였다.

다가오는 바람은 산들바람이 절대 아니었다.

유천의 몸을 갈기갈기 찢어버릴 듯한 강력한 기운을 띠고 있었다.

아름드리나무 10센티미터를 파고드는 위력이다. 그것이 유천의 몸을 관통한다면 그 결과는 보지 않아도 뻔했다.

그러나 유천은 쉽게 당해줄 생각이 없었다.

"으샤!"

유천의 입에서 가벼운 기합 소리가 터지며 양쪽으로 손을 뻗었다.

그러자 유천의 손에서 일렁거리는 아지랑이 같은 기운이 뻗어나가 바람과 함께 부딪쳐 갔다.

강함과 부드러움.

부드러운 유천의 기운은 바람을 사방으로 가르며 빠르게 두 사람을 향해 짓쳐 들어갔다.

"헉!"

놀란 두 사람이 급하게 몸을 흔들었다.

경악에 찬 두 사람을 보고 유천이 싱긋 웃었다.

"모르고 덤볐어?"

유천은 길게 말하지 않았다. 그리고 바로 두 사람에게 접근해 들어가는 유천의 손끝은 날카로웠다.

"모여!"

두 사람은 마치 한 몸처럼 이번엔 같이 바람을 쏘아냈다.

"별짓을 다 하네."

유천이 차갑게 웃으며 두 사람의 공격을 맞받아쳤다.

우웅!

바람이 사방으로 뒤틀리며 귀에 거슬리는 소리가 났다. 유천과 두 남자는 팽팽하게 기 싸움을 벌이기 시작했다.

한 치도 물러서지 않고 10센티미터 정도의 간격을 두고 앞뒤로 오락가락한다.

뚝뚝.

두 사람의 이마에서 굵은 진땀이 흘러내리기 시작했다. 갈수록 힘에 겨운 탓이다.

부들부들.

두 사람 손이 떨리고, 거의 막바지에 달하는 순간 유천이 손을 쭉 뻗었다.

"컥!"

유천의 기운이 두 사람의 몸을 정통으로 강타했다.

쿵! 쿵!

두 사람은 힘없이 땅에 쓰러져 꿈틀거렸다. 그제야 손을 거둔 유천이 팔을 좌우로 흔들며 말했다.

"뻐근하네."

유천이 짐짓 힘겨워하는 듯한 표정을 지으며 천천히 쓰러진 두 사람에게 다가섰다.

아직 정신은 있는 듯 이스마리가 유천에게 말했다.

"우리를 어쩔 셈이냐?"

"어쨌으면 좋겠어?"

"……."

순간 이스마리는 말문을 잃었다. 이런 상황이 되면 어떤 사람이라도 목숨이 아깝게 마련이다.

그러나 가까스로 냉정을 되찾은 이스마리가 말했다.

"죽일 셈인가?"

"아니. 그럴 생각 없는데."

뚱딴지같은 대답에 이스마리가 잠시 멍한 표정을 짓더니 말했다.

"그럼 우리를 고문할 생각인가?"

"그럴 마음도 없어. 전화해."

유천의 말에 이스마리가 당황스러운 표정을 지었다.

"전화하라니?"

"너한테 지시를 내린 사람한테 전화하라고."

"싫다."

"그 말에 대한 결과를 책임질 수 있어?"

유천이 부드럽게 말하자 이스마리가 입술을 꼭 물었다.

"죽……."

뒷말이 차마 떨어지지 않는 모양이다. 사람인 이상 자신을 죽이라는 말을 하기가 그렇게 쉬운 게 아니다.

다만 배신의 대가를 잘 알기에 차마 토설하긴 어려운 처지였다.

그 모순이 이스마리를 고통스럽게 만들었다.

유천은 이스마리의 마음을 짐작한 듯 슬쩍 그의 앞에 쪼그리고 앉았다.

"협상해야지?"

"……."

이스마리가 멍한 표정으로 유천을 쳐다보았다.

"협상 안 할 거야?"

"지금 무슨 소리를 하는 거야?"

"난 내가 위가 아니면 협상 안 해."

"그럼?!"

이스마리가 그제야 뭔가 깨달은 듯 소리를 지르자 유천이 고개를 끄덕였다.

"그렇지. 세상에는 갑과 을이 있어. 난 을의 입장에서 협상하고 싶은 생각이 없을 뿐이야."

"이런!"

이스마리가 질렸단 표정을 지었다. 그도 머리가 있기에 유천의 속셈을 한눈에 읽었다.

결국 자신들을 제압한 후 협상에 임하겠다는 의지를 읽었이다. 더불어 이스마리의 얼굴에 안도감이 서렸다.

유천의 말에 자신을 죽일 리 없다는 생각이 들자 조금은 얼굴이 편안해졌다.

세상에 죽고 싶은 사람은 단 한 명도 없다. 이스마리는 혹시 몰라 한번 더 물었다.

"진심인가?"

"이 판국에 왜 거짓말을 하겠어? 그냥 너희를 죽이면 그만인데. 안 그래?"

일리 있는 유천의 말에도 이스마리는 의심을 지우지 못했다.

"만약 거짓이면 너도 죽는다."

"두렵지는 않은데, 전화 안 할 거야?"

유천의 말에 이스마리가 잠시 고민하더니만 휴대폰을 꺼내 들었다.

그가 생각해도 유천의 제안을 받아들여 나쁠 일은 없어 보였다. 설령 유천의 말이 거짓이어도 최악의 상황은 마찬가지였다.

어차피 죽을 바에야 한 번 시도해 볼 가치가 충분했다. 그리고 성공할 수 있다면 자신은 공을 세운 꼴이 된다.

생각이 거기에 미치자 순간 이스마리의 표정을 본 유천이 살짝 유들거렸다.

"빨리해. 시간 지나면 마음 변할지도 몰라."

이스마리는 대꾸 없이 휴대폰 버튼을 눌렀다. 그리고 얼마 시간이 지나자 이스마리의 입이 열렸다.

"접니다. 정유천, 그자가 통화를 하고 싶답니다. 아, 네. 협상 때문에요."

쩔쩔매던 이스마리가 휴대폰을 유천에게 건넸다.

"받아."

유천은 말없이 받아 천천히 입을 열었다.

"정유천입니다."

ㅡ협상을 하겠다고.

묵직한 목소리였다.

단도직입적으로 나오는 상대의 말에 유천은 순간적으로 판단을 내릴 수 있었다.

목소리를 들어보니 오십 대 이상이다. 드디어 제대로 된 상대를 만난 느낌이다.

불쾌한 기분이 든 건 능글거리는 중년인 특유의 느끼함이 느껴진 탓이다.

'만만치 않은 인간이네.'

거기다 상대의 목소리에는 아무런 감정이 실려 있지 않았다. 경험상 이런 상대는 지극히 위험했다.

그러나 유천은 신경 쓰지 않은 채 천천히 입을 열었다.

"협상은 제대로 해야죠. 그리고 묻고 싶은 것도 많습니다."

—제대로 대답해 줄 수 있는 것만 하겠네. 한 가지만 묻지. 협상할 생각은 있나?

"있소."

피차간에 기 싸움이 벌어졌다.

이런 기 싸움에 존대를 하면서 상대의 기를 살려줄 필요는 없었다.

상대도 그것을 인정했다는 듯이 신경 쓰지 않았다.

—어떤 조건으로 협상할 건가?

"먼저 내 생각을 얘기하겠소. 내가 바람의 능력을 알려준다면 나머지 네 명의 후계자와 싸울 생각이오?"

—그건 내가 판단하지.

"아니. 내게는 중요한 이야기요. 그걸 알지 못한다면 협상은 없소."

단호한 유천의 말에 상대가 말했다.

—왜 그게 궁금해하지?

"어차피 모르는 사람들이지만 내 입장에서는 상대가 적을수록 좋은 거 아니겠소? 그리고 나머지 한 사람이 친구라면 더 좋은 일이고."

잠시 침묵이 있더니만 상대의 입이 열렸다.

—사람 마음속은 모르지.

"그건 피차 마찬가지 아닌가?"

유천의 말에 상대에게서 처음으로 웃음이 들렸다.

─하하! 그럴 수도 있군. 좋네. 이야기하겠네. 우리는 나머지 네 명의 후인을 모조리 제거할 생각이네.

"아주 훌륭한 판단이오."

─정말 그렇게 생각하나?

"당연히. 그건 그렇고, 나와 협상한다면 나한테 돌아오는 이익은 뭐지?"

유천의 말에 상대가 곧바로 응수했다.

─무엇을 원하나?

"그렇게 능력이 있나?"

─돈이라면 달라는 대로 주겠네.

"천억 달러를 원하면?"

─…….

순간 상대가 침묵하자 유천이 웃었다.

"아, 농담이오. 줄 수 있는 금액을 이야기해 보시오. 내가 가지고 있는 게 워낙 귀중하게 느껴져서 말이오."

─순금 500킬로 어떤가?

"그리 내키지 않는 조건이군."

─그대에겐 큰돈일 텐데?

그 말에 유천이 싱긋 웃으며 말했다.

"내가 제대로 벌자면 그거 못 벌겠나?"

—…….

다시 한 번 상대가 침묵했다.

유천은 어느새 주도권을 손아귀에 쥔 채 다음 말을 이었다.

"네 명의 후계자도 돈이 꽤 있을 것 같은데. 그동안 축적한 게 만만치 않을 텐데?"

—그럴지도 모르지.

"그럴지도 모르지가 아니라 정확한 이야기지 않나. 그들이 가진 돈의 정확히 반. 어떤가?"

—욕심이 지나치군.

상대가 약간 거칠게 나왔으나 유천은 흔들리지 않았다.

"안 그러면 그쪽이 당할지도 모르는데. 반이라도 챙겨야 되지 않겠나?"

—지독한 녀석이군.

"협상은 제대로 해야지. 어때?"

—삼분의 일 주지.

상대의 목소리에 독이 서린 걸 알았지만 유천은 태연자약 했다.

"그 약속, 믿어도 되겠나? 만약에 아니면 각오하고."

—그럴 일은 없다.

상대의 대답이 금방 나왔지만 유천은 곧이곧대로 믿지 않았다.

유천은 마지막으로 자신의 조건을 제시했다.

"그리고 이 일이 끝난다면 당신과 나는 모르는 사이로 살아가도록 하지."

─모르는 사이라.

"서로 부딪치지 않으면 될 거 아니야."

─좋다, 그렇게 하지.

너무도 순순히 나오는 상대의 대답에 유천은 내심 웃었다.

'지랄하고 있네.'

유천은 이 협상을 순순히 믿지 않았다. 다만 협상하는 이유는 한 가지였다.

'다섯 명보다는 한 명이 낫다.'

결국 자기끼리 싸우게 만들 생각이다.

이이제이.

적으로서 적을 죽인다는 유천의 계획이다. 물론 상대가 어느정도 신뢰를 준 후의 이야기였다.

아니라면?

가차없이 제거할 결심이다.

처음과는 달리 이야기가 순조롭게 끝나자 유천의 입이 열렸다.

"우선 이 두 사람에게 내가 아는 걸 들려주도록 하지."

─그건 곤란해.

상대의 거친 대답이 들렸다.

"무슨 소리지?"

―내가 직접 듣지.

'아하!

유천은 싱긋 웃었다. 상대의 의도를 모르지 않았다. 최후의 비전을 자신이 먼저 알겠단 속셈이었다.

먼저 이스마리 등 두 사람에게 알려준다면 똑같이 아는 것이 되는 꼴이다.

상대에게서 자신만 알고 싶어 하는 것이 역력히 느껴졌다.

'자기들끼리 못 믿어?'

유천의 입장에서는 아주 흐뭇한 경우였다.

서로 똘똘 뭉친다면 유천의 입장에서도 골치가 아프다.

그런데 이야기를 하다 보니 유천은 상대의 빈틈을 노릴 수 있다는 생각이 들었다.

유천은 속마음을 내색하지 않은 채 미소만 지었다.

겉으론 태연해 보이지만 순간적으로 유천의 머리가 치열하게 돌아갔다.

머릿속에서 짧은 시간 정리를 마친 유천이 천천히 마무리에 들어갔다.

"조만간에 그쪽으로 한번 찾아가지."

―내가 한국으로 가도 되는데.

"그건 곤란하지."

유천이 딱 자르자 상대가 긴장된 목소리로 변했다.

─왜 어렵다는 거지?

"알지 모르지만 한국은 땅덩어리는 좁은데 사람이 많아. 만약 소란이 인다면 바로 신고가 들어가지."

─아, 그래서.

상대도 이해가 간 모양이다.

유천은 그 틈을 놓치지 않고 한마디 더했다.

"아무래도 그쪽이 인적 없는 곳이 많지 않겠나? 그쪽에서 만나는 것이 좋을 것 같은데."

─뭐, 그렇다면 기다려야지.

"지금 내가 하는 일이 있어서 당장은 들어가지 못해."

"……"

상대가 아무런 대꾸도 하지 않았으나 유천은 개의치 않았다.

"가능한 한 빨리 들어가 보도록 하지."

─어느 정도 걸리겠나?

"적게 잡으면 한 석 달? 늦어도 육 개월."

─짧은 시간은 아니군.

상대의 말에 유천이 슬쩍 한마디 했다.

"오랜 시간 참아오지 않으셨나?"

―하긴 그거에 비하면 짧은 시간이지. 알겠네. 믿고 기다리지.

마지막으로 유천이 차가운 미소를 날렸다.

"알았어. 이 두 친구는 내버려 두고 가도 되지?"

―마음대로.

"대화 즐거웠어."

통화를 마친 유천이 이스마리에게 휴대폰을 건네줬다.

"크게 다치지는 않았으니까 가서 하루 푹 자고 나면 나을 거야. 즐거운 만남이었어."

"으음."

"그리고 하나 경고하지. 곧바로 한국을 떠나. 만약 다시 보게 된다면 그땐 각오해."

상대의 이글이글 타오르는 시선 따위는 깡그리 무시했다.

유천에게 제대로 당한 두 사람의 표정이 묘하게 변해갔다. 유천은 두 사람을 뒤로한 채 떠나가며 말했다.

"좋은 밤."

3장

물 건너온 여자

산에서 내려온 유천의 입가에 씩 미소가 떠올랐다.

즐거워서 웃는 웃음이 아닌 싸늘한 살기가 담긴 웃음이다.
유천은 이미 직감하고 있었다.

바람의 후계자들.

대화를 나눠보니 처음 생각은 물 건너갔다. 저들이 자신과
공존할 리가 없다.

자신이라도 위협적인 상대라면 없애고 볼 일이었다. 그 점
에서는 저들도 마찬가지란 판단이 섰다.

어차피 서로 공존할 수 없는 사이였다.

서로의 이익을 위해서 협상을 했지만 결론적으로는 죽기 아니면 죽이기였다.

어쩌면 논리는 지극히 간단했다.

상대를 제거하지 못한다면 자신이 이 세상에서 사라져야 한다는 것.

유천은 오히려 마음이 편안했다.

자신뿐만 아니라 상대도 똑같은 생각이라는 것을 잘 알고 있다. 그러면서도 두 사람은 겉으로는 서로를 위하는 척했다.

"풋."

유천의 입에 미소가 떠올랐다.

이런 골치 아픈 상황을 만들고 싶지 않았지만 현실이라면 돌파해야 했다.

어차피 부수지 않으면 자신이 부서진다.

"간단하네."

다섯 명보다는 네 명이 낫다는 건 여전했다. 그리고 유천은 상대에게 모든 것을 전해줄 생각이 없었다.

"재미있어."

유천이 싱긋 웃었다.

그길로 시내로 들어온 유천은 곧바로 김진수에게 연락했다.

"진수야. 그 인간들 만났어."

—왜 또?

"완전히 끝냈어. 이제 사업 준비를 해야지."

—그래, 해야겠지.

김진수의 목소리가 떨떠름하게 나왔다.

유천은 그런 김진수에게 숨 돌릴 틈을 주지 않았다.

"하게 되면 이번에는 내 말을 꼭 들어야 돼. 알았어?"

—그럴게.

"안 들어도 괜찮아. 안 들으면 너와 나는 친구로만 남게 될 뿐 사업은 같이 안 해."

—이번에는 고집 안 피울게.

김진수의 목소리가 잦아들었다. 유천은 그런 김진수에게 못을 박았다.

"이 결정은 불변이야."

—알았어.

"나중에 연락할게."

통화를 마친 유천은 약간은 홀가분한 심정이 됐다.

이제는 모든 것을 정리할 시간이었다.

유천은 곧바로 어머니를 만나러 갈 생각을 접었다.

지금은 골치아픈 모든 일을 해결하고 만나는 편이 더 낫다는 생각이 들었다.

우선적으로 프랑스에서 번 돈을 찾아야 했다.

그 생각이 들자 유천의 마음이 바빠지기 시작했다.

띠리릭.

갑자기 울리는 휴대폰을 바라보던 유천이 고개를 갸웃거렸다.

02가 찍혀 있는 서울 전화였다.

"스팸인가?"

귀찮은 마음이 들었지만 왠지 받고 싶은 충동에 입을 열었다.

"여보세요."

—유천 씨?

귀에 익은 목소리였기에 유천은 잠시 고개를 갸웃거리다 이내 기억해 냈다.

"소르셀르리?"

—네, 저예요.

"어, 오랜만이네."

—언제 헤어졌다고 벌써 오랜만이에요?

약간 쌜쭉한 소르셀르리의 말에 유천이 되받아쳤다.

"꽤 됐지. 요새 프랑스 국제전화번호 첫 자리가 02야?"

— 지금 여기 한국인데요?

"뭐, 한국?"

깜짝 놀란 유천의 말에 소르셸르리의 부드러운 음성이 들렸다.

—지금 프랑스대사관에 와 있어요.

"대사관에는 왜?"

—와서 들어보면 알죠.

"알았어. 그쪽으로 갈게."

유천은 만사 제쳐 놓고 택시를 타고 프랑스 대사관쪽으로 향했다.

시트에 몸을 기댄 유천은 작은 고민에 빠졌다.

"소르셸르리가 왜 한국에 와 있지?"

도무지 풀리지 않는 의문이다.

유천이 프랑스대사관 앞에 도착하자마자 소르셸르리의 모습이 보였다.

몸에 딱 붙는 청바지에 스판 티를 입은 소르셸르리의 모습에 유천은 순간 아찔한 기분이 들었다.

완벽한 S라인 몸매에 금발을 휘날리며 소르셸르리가 달려왔다.

"유천 씨."

"한국에서 볼 줄은 정말 몰랐는데?"

유천이 말하는 사이 소르셸르리가 얼른 안겨들었다. 유천이 슬쩍 당황스러울 정도였다.

"음? 왜 이래? 사람들 많아."

"뭐 어때요?"

"한국은 말이야. 에라, 모르겠다."

유천은 속 편하게 그녀를 안아주었다. 어차피 남들 시선 보고 살 일은 없었다.

부드러운 느낌.

유천은 간만에 에너지가 솟구친 느낌을 만끽했다.

잠시 후 떨어진 유천이 물었다.

"한국은 어쩐 일이야?"

"프랑스대사관 직원으로 발령받았어요."

"뭐? 프랑스대사관?"

"네, 이제 자주 볼 수 있을 거예요."

뚱딴지같은 소리에 유천이 잠시 멍한 표정으로 변했다.

그러나 이내 유천의 눈빛이 야릇하게 변하자 소르셀르리가 곱게 눈을 흘겼다.

"나 보면 섹스밖에 생각 안 나요?"

"그쪽도 그랬던 것 같은데?"

"뭐라고요?"

"공연히 시간낭비하지 말고, 어디 묵어?"

유천이 부드럽게 묻자 소르셀르리의 눈빛이 살짝 변했다.

"신라호텔에서 묵고 있어요. 나중에 대사관 측에서 집 하나 구해준대요."

"가자고."

"지금 가자고요? 지금 대낮이에요."

"커튼 치면 돼."

너무도 당연한 듯한 유천의 말에 소르셸르리는 결국 웃고 말았다.

"당신 정말."

"때로는 본능에 충실할 때도 있어야지."

유천은 얼른 소르셸르리의 어깨를 부여잡았다. 주변에서 날카로운 살기가 쏟아지는 것이 느껴졌다.

주변의 남자들이 유천을 죽일 듯이 쳐다보고 있다.

소르셸르리는 한국 남자들이 보기에 절대적인 미인이다. 그 여자와 함께 걸어가는 유천이 곱게 보일 리가 없었다.

유천은 그들을 향해 속으로 중얼거렸다.

'능력 있으면 너희도 사귀던가.'

유천과 소르셸르리는 곧 얼마 지나지 않아 신라호텔의 스탠더드룸에 들어섰다. 방을 슬쩍 둘러보던 유천이 한마디 했다.

"여기 구해준 거야?"

"네."

"프런트에 전화해. 방 업그레이드해 달라고."

"네?"

놀란 소르셸르리의 목소리에 유천이 한마디 했다.

"좋은 데 묵는 게 편하지 않아? 안 하면 내가 하고."

"할게요."

소르셸르리도 싫지 않은 듯 얼굴을 곱게 붉히며 수화기를 들었다.

"방 업그레이드해 주세요."

뒤에서는 흐뭇하게 바라보는 유천의 얼굴이 보인다.

불과 5분도 지나지 않아 스위트룸에 들어선 소르셸르리가 환한 미소를 지었다.

"와, 여기 멋지네요. 전망도 좋고."

"돈지랄하면 다 좋은 데 보내줘. 그래서 사람들이 돈을 버는 거지."

"저는 그거보다도… 음?"

더 이상 소르셸르리는 말하지 못했다.

번개같이 유천이 소르셸르리의 입술을 덮친 탓이다. 입술과 입술이 부딪치고, 혀와 혀가 부드러운 리듬을 타고 움직였다.

어느덧 유천의 손은 허리를 지나 엉덩이 쪽으로 스쳐 내려갔다.

이미 키스의 황홀경에 빠졌는지 소르셸르리는 더욱더 안겨들고 있다.

그 상태 그대로 소르셸르리를 번쩍 안아 든 유천은 침대로 향했다.

소르셸르리가 작은 앙탈을 부렸다.

"분위기 좀 잡으면서 하면 안 돼요?"

"이 이상 어떻게 분위기를 잡아? 더 참았다가는 혈관 터지 겠어."

"호호."

유천의 솔직한 말에 소르셸르리는 밝은 미소를 지었다.

여자로서 남자가 자신의 매력에 푹 빠졌다는 게 싫을 리 없 었다.

아주 빠르게 두 사람은 자연 그대로 돌아갔다. 그리고 두 사람의 몸과 몸은 격렬한 화음과 때로는 알지 못할 목소리를 내며 서로를 향해 뜨거운 탐구에 들어갔다.

얼마 후 열정이 스쳐간 침대 위는 아직도 뜨거운 기운이 감 돌 정도였다.

유천은 두 번째 소르셸르리를 안고 보니 색다른 기분이 들 었다.

"우린 잘 맞은 것 같아."

"무슨 소리예요?"

"한국 사람들이 흔히 하는 소리지."

"말해주면 안 돼요?"

"안 돼."

유천은 방긋 웃으며 더욱더 소르셀르리의 몸속으로 파고
들었다.

그 격렬한 움직임에 소르셀르리는 어느덧 이성을 잃고 눈
까지 까뒤집을 정도였다.

몸이 활처럼 휘고 까마득한 쾌락이 밀려들었다.

밀물과 썰물, 성난 파도는 소르셀르리의 몸속을 사정없이
휩쓸고 지나가며 쾌감을 선사했다.

그렇게 격렬한 섹스는 깜깜한 밤이 되도록 이어졌다.

기나긴 열정의 시간이 지나간 후 소르셀르리가 유천의 품
으로 파고들었다.

"유천 씨, 결혼하지 마."

"무슨 소리야?"

"결혼하지 말라니까요."

"말 편하게 해."

유천은 계속 자신에게 존댓말을 쓰는 소르셀르리의 마음

을 풀어주려고 말했다. 그러나 소르셸르리는 고개를 도리도리 저었다.

"아니요. 이상하게 이제 유천 씨한테 말을 놓기가 힘들어요."

"프랑스에서는 가끔 놨잖아."

"그런데 갈수록 힘들어져요."

"마음이 시키는 대로 해."

유천은 더 이상 강요하지 않았다. 열정에서 벗어나 점점 평온해진 소르셸르리가 쫑알거렸다.

"유천 씨 포상금 있잖아요."

"그래, 그거."

"제가 좋은 방법을 생각해 냈어요. 저 칭찬해 주실 거죠?"

"들어보고."

유천이 소르셸르리의 눈을 빤히 쳐다봤다. 소르셸르리가 생글생글 웃으며 입을 열었다.

"아무리 생각해도 갑자기 거액이 생기면 나중에 의심 받기 쉽잖아요."

"조심할 생각이야."

"그래서 제가요, 투자 조건으로 돈을 가져왔어요."

"투자 조건이라니?"

유천의 눈이 살짝 커졌다. 소르셸르리는 그런 유천의 품을 더 파고들며 말했다.

"프랑스 기업과 유천 씨가 합작 투자하는 걸로 서류를 꾸몄어요. 물론 자세히 조사하면 말은 안 되지만 서류가 완벽하니 별문제 없을 거예요."

"날 뭘 보고?"

"그러니까 페이퍼죠. 한국 정부에서도 서류가 완벽하니까 뭐라고 할 수는 없을 거예요. 그것 외에 여러 가지 모든 문제를 다 해결했어요."

"고마운 일이네."

유천은 번거로운 일을 해결해 준 소르셀르리가 더욱 사랑스럽게 보였다.

소르셀르리가 그런 유천에게 한마디 했다.

"그러니까 결혼하지 말라고요."

"이유를 얘기해 봐."

"저 결혼 안 할 거거든요. 그런데 유천 씨는 좋아요."

"그래서 하지 말라는 거야?"

유천이 어이없다는 듯이 바라보았다.

"유부남보다는 총각이 좋지 않나요?"

"하긴 유부녀보다는 처녀가 좋지."

"그러니까 우리는 계속 이렇게 지내자고요."

"음. 당분간은 결혼할 생각 없으니까."

유천이 솔직하게 말하자 소르셀르리의 눈이 커졌다.

"그럼 언젠가는 결혼할 건가요?"

"그러겠지?"

"그럼 우리는 시한부 사랑인가요?"

"내일 일은 내일에 맡기자고."

유천이 다시 소르셀르리를 와락 끌어안았다. 이렇게 골치 아픈 일이 있을 때는 그저 섹스가 최고였다.

"그 대답… 아!"

더 이상 말을 못하고 곧장 열락의 폭풍 속으로 빠져들며 소르셀르리가 온몸을 부르르 떨었다.

유천은 더욱더 성의를 다해 황홀한 꿈나라로 수십 번도 더 보내 버렸다.

마침내 아침 해가 밝자 소르셀르리는 파김치가 되어 축 늘어졌다.

"정말 대단해요."

"대단해? 아직 시작도 안 했는데?"

유천이 반 농담을 던지자 소르셀르리가 곱게 눈을 흘겼다.

"그런 농담 싫어요."

"그나저나 프랑스대사관으로 완전히 온 거야?"

"네, 프랑스대사관에서 일하라는 상부 지시가 있었어요."

"아무래도 여기가 낫겠지?"

유천이 고개를 끄덕이자 소르셀르리가 물었다.

"뭐가 낫다는 거죠?"

"최소한 여기는 총을 함부로 들고 다니는 자식들은 없어."

"한국은 총기 규제를 철저히 한다면서요?"

"철저히 규제하지. 여기서는 총 한번 쏘면 나라가 뒤집혀."

"그래요?"

소르셀르리가 호기심 어린 얼굴로 묻자 유천이 말했다.

"그러니까 총 맞아 죽을 염려는 거의 없다는 거지. 오베르트 팀장이 신경 많이 쓴 모양이네?"

"그것도 있지만요, 당신과 친분을 유지하라는 특별한 지시가 있었어요."

"나랑? 그가 우리 관계를 알아?"

유천이 살짝 놀라자 소르셀르리가 고개를 저었다.

"그런 거까지는 얘기 안 했어요. 하지만 어느 정도 눈치는 챈 것 같아요."

"이걸 보고 한국에선 이렇게 말하지. 상부상조라고 말이야."

"무슨 이야기죠?"

"서로 좋단 의미지. 좌우간 잘된 일이야."

"뭐가요?"

"우리 둘이 근처에 있다는 거."

유천은 평소답지 않게 말을 술술 풀어냈다. 그 모습을 본 소르셀르리가 말했다.

"이렇게 길게 얘기하는 건 처음 보는 것 같아요."

"가끔은 그래. 이제 종종 볼 수 있겠네?"

유천 입장에서는 나쁜 일이 아니었다.

소르셀르리 같은 미녀가 늘 옆에 있다는 것만으로도 충분히 행복했다.

소르셀르리의 미모는 한국 여자들은 도저히 따라갈 수가 없을 정도이다. 그런데 자기에게 절대적으로 사랑을 보내는 여인이다.

그런 여인을 보고 기분이 좋지 않다면 그건 남자가 아니다.

유천이 기분 좋게 물었다.

"그런데 프랑스 정부에서 나한테 왜 그렇게 신경을 써주지?"

"워낙 큰일을 처리하셨잖아요. 작가도 구했지, 그리고 정부 고관도 구했는데 얼마나 예쁘겠어요."

"뒤에 뭐 좀 있는 것 같은데?"

"호호. 눈치 빠르네요. 정부 사람들이 어떤 인간들인데 그렇게 호락호락하겠어요."

소르셀르리의 말에 유천이 차갑게 비웃음을 날렸다.

"거기에 넘어갈 내가 아니야."

"넘어가지 마요. 넘어가면 더 피곤해질 텐데요, 뭐."

"프랑스 정부 사람 맞아?"

"지금은 유천 씨 애인이에요."

그 말에 더욱 정겨워진 유천이 그녀를 슬쩍 끌어안았다.

"그 마음 변하지 마."

"변하면요?"

"다시는 이런 장면은 없겠지?"

"가끔 보면 유천 씨 너무 차가운 것 같아요. 섬뜩할 때가 있어요."

소르셸르리가 볼멘소리를 했으나 유천은 끄덕도 하지 않았다.

"그게 맞아."

"흥."

소르셸르리가 토라진 듯 고개를 살짝 돌리자 유천이 슬쩍 끌어안고 말했다.

"안 그러면 되잖아."

"말이 너무 그래요."

"있지도 않은 일로 미래를 걱정하지 말자고."

"분위기 싸해요."

소르셸르리가 샐쭉해져 말했다.

유천은 무시한 채 소르셸르리에게 물었다.

"그나저나 돈은 어떻게 받지?"

"프랑스대사관에서 베리테를 찾으세요. 그럼 다 알아서 해결해 줄 거예요."

"고마워. 일단 가볼게."

"전화할게요."

화사하게 웃는 소르셸르리를 보며 유천이 다가가 가볍게 끌어안았다.

"얼마든지."

소르셸르리 같은 미녀의 전화를 사양할 리 없다.

유천은 유부남도 아니고 여자를 멀리하는 고자도 아니었다.

소르셸르리와 헤어져 곧바로 프랑스대사관 입구에 선 유천이 경비원에게 말했다.

"베리테를 만나러 왔습니다. 정유천이라고 합니다."

"아, 이미 연락 받았습니다. 들어가시죠. 사무실이……."

친절하게 설명해 주는 경비원의 말에 유천이 기분 좋게 미소를 보냈다.

자신에게 이런 배려를 해주는 프랑스대사관이 미울 리가 없었다.

천천히 걸어 말해준 사무실 문을 열고 들어가자 한 외국 남자가 자리에서 일어선다.

삼십대 초반?

전형적인 인텔리 인상이었다.

"정유천 씨, 반갑습니다."

"절 아시나요?"

"사진을 봤습니다. 이쪽으로 앉으시죠."

유천이 안내에 따라 자리에 앉자 베리테가 정중하게 인사했다.

"베리테라고 합니다."

"네, 소르셀르리에게 이야기 들었습니다."

"돈 받으러 오셨죠?"

"그거 외에 무슨 이유가 있겠습니까?"

유천이 피식 웃자 베리테가 천천히 설명했다.

"프랑스에서 투자하는 형식으로 들어왔습니다. 이미 완벽히 서류를 꾸며놨으니 쓰시는 데는 아무런 지장이 없을 겁니다."

"갑자기 투자라면 한국에서 이상하게 볼 텐데요?"

"그것까지 다 감안한 겁니다. 프랑스 외인부대 출신 선배와 인연이 닿은 걸로 해서 투자를 받은 걸로 했습니다."

"아, 그렇군요."

유천이 사소한 것까지 배려한 베리테에게 고마운 눈빛을
보냈다.

베리테가 문득 생각난 듯이 조심스레 물었다.

"그리고 지금 통화를 원하시는 분이 있습니다. 외인부대장
이신데, 통화하시겠습니까?"

"별로 하고 싶지 않습니다만."

"한번 해보시죠. 안 그러면 계속 전화할 것 같은 기세던데
요."

유천은 그 말에 고개를 끄덕였다.

"뭐, 해보죠."

"바로 연결해 드리겠습니다."

베리테가 얼른 수화기를 집어 든다.

유천은 이 정도 귀찮음은 가볍게 넘기기로 했다. 자신의 수
중에 들어온 돈만 봐도 안 먹어도 배가 부른 기분이다.

더 이상은 외인부대 일에 관심이 없었다.

생각하는 사이 베리테가 수화기를 건네준다.

"여기."

받아 든 유천이 덤덤하게 말했다.

"정유천입니다."

―반갑네요.

별로 정 없는 외인부대장 목소리가 싫어진 유천이 서둘러

말했다.

"나중에 프랑스 갈 일 있으면 인사드리죠."

턱도 없는 새빨간 거짓말이다.

다시 외인부대와 얽히고 싶은 마음은 없었기에 인사 차 건넨 것뿐이다.

그러나 사람 일이 뜻대로 되는 것은 아니다. 외인부대장이 기다렸다는 듯 말한다.

―선물 하나 준다고 했지요?

"돈은 다 받았는데요."

―돈이 아니고, 정부와 이야기가 끝났습니다.

"무슨 말씀이신지?"

도무지 영문을 모르는 소리에 유천이 고개를 갸웃거릴 무렵 목소리가 들렸다.

―프랑스 국방부에 자리 하나를 마련했습니다. 스페셜 포스팀이라고, 거기에서 부팀장입니다.

"저 프랑스 갈 생각 없습니다."

―세상일은 모르지요. 나중을 대비해서 만들어놓은 직책이니 신경 쓰지 마세요. 그리고 일하지 않으면 월급도 안 나옵니다.

"그럼 일하면 월급은 나옵니까?"

유천이 묻자 외인부대장의 선선히 대답한다.

―물론이죠. 연봉이 미화로 18만 달러입니다.

아직 외인부대장은 유천이 테러리스트 현상금을 두둑이 챙긴 걸 모르는 눈치였다.

내심 차갑게 비웃은 유천이 흔쾌한 목소리로 말했다.

"보험 하나 든 걸로 치겠습니다. 감사합니다. 다음에 또 뵙죠."

유천은 여기서 말을 잘랐다.

'연봉 18만 달러에 목숨을 걸어? 관둬라. 한국에서 열심히 벌고 만다.'

유천의 생각은 간단했다.

외인부대장은 정말 아쉬운 듯 유천에게 말했다.

―정말 지금은 프랑스에서 일할 생각이 없나요?

"아실지 모르지만 제 피가 워낙 한국 땅을 좋아해서요."

유천은 일언지하에 거절했다.

직업?

웃기는 이야기였다.

프랑스에 더 있어 봐야 외인부대 농간에 놀아나 언제 위험한 상황에 처할지 몰랐다.

'내가 미쳤냐?'

그런 위험을 감수하고 싶은 생각은 털끝만큼도 없었다.

외인부대장은 아쉬운 듯 입맛을 쩝쩝 다시더니만 기어코

미끼를 내밀었다.

─하나만 기억하세요. 혹시라도 프랑스에 온다면 일자리는 늘 있습니다.

"그렇게 안 하셔도 됩니다."

유천의 말에 외인부대장은 끝까지 물고 늘어졌다.

─걱정하지 마세요. 오면 할 수 있는 거고 안 왔을 경우에도 앞으로 일 년 동안은 월급의 30%가 지급될 겁니다.

"공돈 받고 싶지 않습니다."

─공돈이 아니라 여태까지 했던 공로라고 생각하시지요.

외인부대장의 말에 유천은 바로 마음을 바꿨다.

'공짜로 준다는데 왜 거절해.'

그 생각이 들자마자 유천의 입가에 살짝 미소가 감돌았다.

"편하신 대로 하십시오. 제 통장번호는 아시죠?"

─허허, 사람 솔직담백하기는. 이미 알고 있습니다.

"그럼 나중에 기회가 되면 또 찾아뵙죠."

말은 그렇게 했지만 다시 볼 생각은 전혀 없었다.

이번 일만 생각해도 끔찍한데 또 일할 생각을 하면 아찔했다.

외인부대장도 능구렁이답게 유천의 눈치를 알면서도 모르는 척했다.

─사람 인연은 아무도 모릅니다.

"건강하십시오."

─그래, 오래 살란 이야기지요?

"그럼요. 오래 사셔야죠."

하지만 마지막 말은 아꼈다.

'벽에 똥칠할 때까지.'

그렇게 두 사람은 통화를 마쳤다.

유천이 차갑게 비웃었다.

외인부대장 말을 들으니 자신이 거액을 손에 쥔 걸 아직 모르는 눈치였다.

설령 돈이 없다고 해도 다시 인연을 맺고 싶은 부류는 절대 아니었다.

4장

포석

　얼마 후, 은행에서 나오는 유천이 싱글벙글했다. 손에는 묵직한 통장 하나가 자랑스레 들려 있다.

　슬쩍 펼쳐보던 유천이 액수를 보고 만족한 듯 중얼거렸다.

　"10억이라…… . 이 정도면 충분하겠지?"

　어머니의 이름으로 만든 통장이다.

　유천은 만약을 대비해 보험 형식으로 어머니의 이름으로 정기적금에 가입했다. 여기까지 하고 나자 한결 마음이 편해진 느낌이다.

　무슨 일이 있더라도 이제 다시 지긋지긋한 가난한 생활로 돌아갈 일은 없을 것이다.

어머니를 위해 꽤 많은 돈이 들어가자 유천이 머리를 벅벅 긁었다.

"이거 벌기는 어려워도 쓰기는 쉽다더니."

보통 사람들이 생각하기에는 거액이 순식간에 훅하고 수중에서 빠져나가 버렸다.

그러나 아직 남은 돈이 있기에 유천이 어깨를 으쓱거렸다.

"일단 해보자고."

다시는 위험한 일에 끼어들고 싶은 생각이 없었다. 아니, 가진 돈만 생각해도 끼어들 필요가 없었다.

가만히 있어도 위험한 일은 닥쳐올 테니 그것을 대비하기만 하면 되었다.

이젠 남들처럼 살 생각이다.

대한민국이란 나라가 제대로 살기 위해 돈을 요구한다면 원 없이 벌 생각이다.

단 유천은 사업을 시작하기 전에 한 가지 결심을 가슴속에 깊이 새겨 박았다.

오너는 뒤에서 컨트롤할 뿐 직접 움직이지 않는다.

스스로 결정한 사항이다.

오너가 실무까지 다 참가한다면 직원들이 움직일 공간이 없다.

큰 틀만 짜서 마음껏 활개 치게 해주고 뒤에서 받쳐주면 된다는 생각이다.

"적어도 구멍가게는 안 만든다."

유천의 뱃심이 돋보이는 대목이다.

급한 일을 처리한 유천은 망설이지 않고 곧바로 어머니가 입원한 요양병원으로 향했다.

조금 늦어 미안한 심정이나 사정이 어쩔 수 없었다고 스스로를 위안했다.

두 시간이 지나 도착한 후 어머니를 보자마자 유천이 와락 끌어안았다.

"저 왔습니다."

"왜 이렇게 빨리 왔어? 오래 있는다며?"

깜짝 놀란 어머니의 목소리에 유천이 손을 꼭 잡았다.

"일이 잘 풀렸어요. 이제 같이 사는 겁니다."

"고맙구나."

"고맙긴요. 어머니가 절 이렇게 키우시느라 얼마나 고생이 많으셨는데요."

어머니는 더 이상 아무 말도 하지 않았다.

곧바로 퇴원 수속을 마친 후 집으로 돌아왔다. 어머니는 집에 오자마자 아들 걱정이 태산이었다.

"이제 뭐할 거냐?"

"생각한 것이 있습니다."

유천이 싱긋 웃었다.

사실 수중에 상상도 못할 거액이 들어오자 유천은 머리가 복잡해졌다. 뭘 먼저 해야 할지도 순간적으로 정신이 혼미할 지경이다.

유천은 순간 고개를 흔들었다.

"있는 놈들에 비하면 티끌이야."

워낙 없이 살다 보니 어마어마한 금액처럼 보인 자신을 다스렸다.

"최고에 오른다."

이 능력을 가지고 평범하게 산다면 그것도 웃기는 일이다.

앞으로 갈 길이 멀다는 생각에 유천이 눈빛을 빛냈다. 지금 가장 중요한 건 무엇을 제일 먼저 할 것이냐다.

그러나 그 선택은 그리 오래가지 않았다.

가화만사성이라고, 집이 잘되어야 일할 때도 편한 법이다.

모든 돈을 사업에 투자할 만큼 어리석지도 않았다.

사업은 늘 망하는 걸 염두에 둬야 했다. 그렇다면 가장 중요한 건 어머니, 그리고 식구들이다.

망해도 버틸 마지막 보루가 절대적으로 필요했다.

"아는 사람이 제일 우선이지."

스스로에게 중얼거린 유천은 집을 나서서 시내로 들어갔다. 조용한 곳에 자리 잡고 휴대폰을 들었다.

"진수냐?"

―어, 유천아.

"지금 이리로 와 봐라. 여기가……."

―금방 갈게.

유천의 말에 김진수가 반가이 맞이했다.

유천은 약속 장소인 커피 하우스에 들어가 조용히 눈을 감았다. 수중에 돈이 있다 보니 안 먹어도 배가 부른 느낌이다.

뭐부터 먼저 해야 될지 머릿속이 복잡했다. 그러나 이내 유천은 싱긋 웃었다.

"할 수 있는 게 한정되어 있네?"

그냥 쓴다면 큰돈이지만 무슨 일을 벌이려면 그리 많지 않다는 것을 느꼈다.

"더 벌어야 되나?"

점점 사람의 원천적인 욕망이 올라오는 것을 느꼈다.

"후우."

가진 자가 더 무섭다는 생각이 들자 유천은 이내 주먹을 불끈 쥐었다.

"처음부터 다시 시작하는 기분으로."

그 마음을 품고 나자 한결 마음이 편해졌다.

생각하는 사이 김진수가 모습을 드러냈다.

"유천아."

"그래, 할 얘기가 있어서 불렀어."

"무슨 일인데?"

김진수의 목소리는 잔뜩 흥분으로 물들어 있다.

유천이 심심해서 부르지 않았다는 것을 그도 짐작하고 있었다.

그런 김진수에게 유천이 말했다.

"집 좀 알아봐라."

"무슨 집?"

"살 집 말이야."

"또 집이야?"

김진수가 약간 실망하는 표정을 보였으나 유천은 거들떠보지도 않았다.

"일단 집이 두 채여야 하고, 집은……."

천천히 설명하는 유천의 말에 김진수의 입이 점점 벌어졌다.

"야, 그게 집이냐, 저택이지?"

"저택 같은 소리 하고 있네. 그래, 고작 60평하고 30평짜리 두 개 달린 게 저택이냐? 있는 놈들은 더하잖아."

"전세야, 월세야?"

"사자고."

"……."

순간 김진수가 말문을 닫았다.

유천은 그런 그에게 천천히 입을 열었다.

"빨리 알아봐. 그리고 가급적이면 두 집 사이가 연결되어 있으면 좋겠어."

"돈은 있어?"

"그 정도는 충분해."

"쉽지 않은 조건인데, 알아볼게."

"수고해라. 그리고 이건 활동비로 써."

유천이 하얀 봉투를 내밀었다.

"괜찮아. 나도 돈 있어."

"네가 있으면 얼마나 있겠어. 받아."

유천이 억지로 주머니에 봉투를 찔러 넣었다. 김진수가 어색한 미소를 지으며 자리에서 일어섰다.

"그럼 찾아볼게."

"좋은 성과 기다리마."

유천이 김진수를 격려했다.

정확히 하루가 지나자 김진수가 잔뜩 지친 모습으로 유천을 찾아왔다.

"비슷한 거 하나 찾아냈어."

"그래, 어떤 집인데?"

"일단 사진을 봐. 내가 휴대폰으로 찍어왔거든."

김진수가 내미는 휴대폰을 유심히 바라보던 유천이 빙긋 미소를 지었다.

"잘 골랐네. 어디서 찾았냐?"

"발품 팔았지, 뭐."

스스로 자화자찬하는 김진수를 유천이 미소로 바라봤다.

"가보자."

"죽일걸."

자신만만해하는 김진수와 함께 차에 올랐다.

분당에서 가까운 한적한 전원주택에 도착한 유천이 눈빛을 빛냈다.

"괜찮네."

"내가 뭐랬냐?"

김진수의 공치사를 들으며 유천이 결정했다.

"시작해 볼까?"

얼마 후, 유천은 만족한 미소를 지으며 계약서 한 장을 들여다봤다.

"이 정도면 충분하지."

이제부터는 움직일 일이 급했다.

유천은 품에서 미리 준비한 메모지 한 장을 꺼냈다.

"이거 가지고 그대로 좀 해줘."

"이게 뭔데? 앗! 이건?'

김진수가 화들짝 놀라자 유천이 말했다.

"그대로 해줘. 돈은 충분히 줄게."

"이렇게까지 해야 돼?'

"더 하고 싶은데 이 정도로 만족하기로 했어. 부탁한다. 얼마나 걸리겠냐?'

"뭐 그렇게 오래 걸릴 것 같진 않아."

"서둘러라."

이후 김진수는 여기저기에 전화하느라 정신이 없었다.

"네, 이 번지로 말씀드린 가구 다 배치시켜 주십시오. 전자제품도 부탁드립니다."

수십 통의 전화를 마치고 난 김진수가 혀를 내둘렀다.

"목 아프네. 유천아, 나 갈게."

그 말과 동시에 김진수가 바람처럼 사라졌다.

"자식."

이제야 제대로 된 집을 구했다는 생각에 유천은 행복한 미소가 절로 입에 떠올랐다.

다시 혼자 남은 유천이 팔짱을 끼고 잠시 생각하다 자리를 박찼다.

하나 더 처리할 생각이다.

프랑스에서 약속받은 일.

유학원을 운영할 생각이었다.

"진수야, 이게 최선이야."

한낱 인정에 휩싸여 일을 처리하고 싶지 않았다.

이리저리 머리를 굴려 봐도 아무래도 김진수 하나만으로
는 유학원을 단독으로 맡기긴 불안감이 컸다.

비록 김진수가 전에 사업을 해봤다고는 하나 이런 일은 처
음 해본다.

전문적인 경험을 가진 누군가가 필요했다. 거기다 신뢰할
만한 인물을 선택해야 했다.

"누구를 내세우지?"

유천의 머릿속에서 여러 사람의 얼굴이 떠올랐지만 이내
고개를 흔들었다. 아무리 기억을 되살려도 쓸 만한 인물이 없
었다.

유천의 입에서 순간 한숨이 나왔다.

"참 인맥도 좋다."

군대에서 너무 오래 있던 여파가 여실히 나타났다. 곰곰이
생각해 보던 유천의 얼굴에 드디어 한 사람이 떠올랐다.

박성진.

"그 녀석이라면?"

가능성이 있었다.

박성진의 속마음을 잘 알고 있는 유천은 잠시 망설였지만 이내 휴대폰을 들었다.

"일단 부딪쳐 보자."

유천이 힘있게 버튼을 눌렀다.

신호음이 세 번도 가기 전에 박성진의 목소리가 들려왔다.

―유천아, 네가 어쩐 일이야?

"시간 있나?"

―오늘?

"할 얘기가 있는데 얼굴 좀 보자."

유천의 말에 흔쾌히 나오는 성진이다.

―그러지. 회사 앞으로 올래? 조금 있으면 퇴근 시간이니까 거기서 보자.

"금방 갈게."

유천은 휴대폰을 내려놓자마자 얼른 차를 몰았다.

회사 현관 앞에 대기하고 있자 두리번거리며 나타나는 박성진의 모습이 보인다.

유천이 윈도우를 내리고 소리쳤다.

"이쪽이야! 타!"

유천을 바라본 박성진이 순간 흠칫한 표정이다.

랜드로버 레인지로버.

비싸기로 유명한 수입차이기에 잠시 주춤거리던 박성진이 차에 올라탔다. 물론 말없이 넘어갈 리가 없다.

"이 차는 뭐냐?"

"어, 그냥 기동력을 위해서 샀어. 자, 가자고."

유천은 더 이상 말하지 않고 차를 몰았다. 옆에 앉은 박성진도 아무런 말 없이 침묵을 지키고 있다.

흘낏 보니 조금 자존심이 상한 얼굴이었다.

'밴댕이 소갈머리는 여전하네.'

어색한 분위기였지만 유천은 개의치 않았다.

어차피 이 정도는 각오한 바다.

유천은 한적한 시외의 한 카페에 차를 세웠다.

"들어가자."

박성진은 아무런 말 없이 유천의 뒤를 따랐다. 테이블에 자리를 잡고 앉은 유천이 박성진에게 말했다.

"만나자고 한 건 부탁할 게 있어서야."

"부탁? 무슨 일인데?"

박성진의 말투가 뾰족하다.

"실은 프랑스 유학원을 하나 차릴까 해."

"프랑스 유학원? 그건 갑자기 또 왜?"

"그게……."

유천이 설명하자 박성진이 크게 놀란 눈치다.

"프랑스 교육부에서 밀어준다고?"

"그래서 머리가 좀 돌아가는 사람이 필요해. 그게 너고."

"나?"

박성진이 화들짝 놀라는 표정이다.

유천은 박성진이 미처 다음 말을 꺼내기 전에 먼저 선수 쳤다.

"유학원과 다른 사업을 동시에 하는데 유학원 쪽을 믿고 맡길 사람이 없어."

"나 유학원 경험 없어."

"외국인 회사 경험이 있잖아. 그러니 외국어도 잘할 테고, 아무래도 사회 돌아가는 건 조금 알 거라고 생각해서 말이야."

"그것참."

박성진이 잠깐 난처한 표정을 짓자 유천이 솔직하게 말했다.

"야, 내가 솔직히 사업하려고 나서니 제대로된 인맥이 없더라."

"인맥. 그럴 수도 있지."

그제야 조금 얼굴이 펴지는 박성진을 보고 유천이 내심 웃었다.

'자식, 소심하기는.'

하지만 그 점이 더욱 마음에 들었다.

만약에 박성진이 대범하다면 큰 사고를 칠지도 몰랐다. 하지만 박성진의 성격을 보니 그리 큰일은 벌어지지 않을 것 같다.

그 점이 더욱 믿음직스러운 유천이 박성진에게 제안했다.

"유학원 원장직을 맡아줘."

"이 나이에 원장을 맡으란 말이야?"

기겁한 박성진에게 유천이 말했다.

"아니면 기획실장을 맡든지."

"그럼 원장은?"

"네가 판단해서 사회적 명망 있는 누굴 내세우던지 알아서 하고."

유천이 다 된 듯이 말하자 박성진이 어이없다는 듯이 말했다.

"너 말하는 거 보니까 내가 꼭 유학원 할 것처럼 느껴진다? 지금 다니는 회사도 좋아."

"그 회사만큼 대우해 줄게."

"여기는 장래가 있어."

"그럼 내가 하는 일은 장래가 없다는 거야?"

유천의 말에 박성진이 핵심을 찔렀다.

"전망이 없잖아."

"앞으로 어떻게 될지 누가 알아?"

"하루아침에 사라지는 게 유학원 아니냐?"

박성진의 말에 일리가 있기에 유천이 정색했다.

"그럴 수도 있지. 그래서 너한테 정식으로 제안할게."

"무슨 제안?"

"친구로서 부탁한다. 도와줄래?"

"……."

유천의 한마디가 묵직하게 떨어지자 박성진이 한동안 침묵했다. 그리고 이윽고 입을 연 박성진의 입에서 뜻밖의 말이 나왔다.

"지금 나한테 부탁하는 거야?"

"그래."

"좋아, 하지."

뜻밖으로 순순히 대답하는 박성진에 유천이 오히려 당황했다.

"정말이야?"

"그래. 하다가 아니면 나와도 되는 거 아니야. 그리고 나중에라도 갈 데는 얼마든지 있거든?"

자신의 능력에 대한 자신감을 보이는 박성진의 모습에 차라리 유천은 편했다.

"그래, 하다가 안 되면 딴 데 갈 수도 있지. 하지만 그럴 일은 없을걸."

"너 너무 자신만만하다?"

"설마 친구 고생시키려 부탁할까? 정말 잘될 것 같거든."

"알았어. 언제부터 하면 되겠냐?"

박성진이 적극적으로 나오자 유천이 반 농담을 건넸다. 아직 건물도 안 구했기에 할 수 있는 말이기도 했다.

"내일이라도 좋지."

"그건 곤란해. 적어도 월말까지는 시간을 줘야지. 그리고 내 연봉은 어떻게 되냐?"

"거기서 받은 연봉을 말해봐. 그거보다는 조금이라도 더 줄게."

"유천아, 너 돈 있어?"

"프랑스에서 좀 벌었어."

유천의 말에 박성진이 고개를 갸웃거렸다.

"도대체 언제 그렇게 많은 돈을 번 거야? 이야기 들어보니까 한두 푼으로 될 것도 아닌데."

"한두 푼보다는 좀 더 벌었지."

"인생 모른다더니."

박성진이 어깨를 으쓱거리자 유천이 그 장단을 맞춰줬다.

"너 같은 친구가 있어서 얼마나 행복한지 모르겠다."

"그럼. 자식, 내가 널 도와줄 때도 다 있구나."

"친구들끼리 도와줘야지."

"그런데 전에 내가 멋도 모르고 너한테 운전기사 제안한 게 참 쑥스럽긴 하네."

박성진이 조금 편해진 모양이다. 과거 일을 들추는 걸로 본 모습을 본 유천이 오히려 환하게 웃었다.

"다 지나간 일이야. 그리고 진수하고 같이하면 돼."

"진수도 거기서 일해?"

"어. 유학원은 너하고 진수가 맡아주기만 하면 돼."

"알았어. 제대로 한번 해보지. 그런데 유학사업은 잘 모르니까 일단 나도 말일까지 알아보고 경험을 쌓도록 하지."

역시 꼼꼼한 성격대로 나오는 박성진을 유천이 대견스레 바라봤다.

"그래, 원장 구하는 것부터 네가 다 알아서 해.

"너는 관여하지 않는 거야?"

박성진이 깜짝 놀란 표정을 짓자 유천이 표정을 굳혔다.

"내가 처음에 약속했잖아. 유학원 일은 상관하지 않아. 말 아먹던 튀겨먹던 알아서 해."

"야, 인마, 내가 실수하면 어떻게 하려고."

"들고 날지만 않으면 되지, 뭐."

"들고 날 수도 있어."

박성진이 말하자 유천의 표정이 사납게 변했다.

"그랬다가는 너 죽는다."

반 농담 같은 말이지만 왠지 소름이 끼친 박성진이 움찔했다.

"야, 그러다 너 사람 잡겠다?"

"그래, 그러니까 안 하면 돼."

"알았어. 한번 해보도록 하지."

쉽게 나오는 박성진을 보고 유천이 싱긋 웃었다.

"박 실장, 잘 부탁해."

"자식."

멋쩍은 듯 박성진이 고개를 돌렸다.

박성진과 헤어져 집에 온 유천이 그를 기다리고 있던 김진수를 봤다. 지칠 대로 지친 듯 축 늘어진 김진수가 퉁명스레 말했다.

"이사 준비 끝났어."

"수고했다. 정말 수고했어."

유천은 아낌없이 칭찬해 주었다. 그 말에 김진수 목소리가 한결 밝아졌다.

"고생했지만 기분은 좋네."

"기분 좋아?"

"그럼. 내가 구한 집에 가구며 전자제품을 넣은 것이 얼마나 기분 좋은지 알아?"

"그러면 됐고. 며칠 내로 연락하면 그 집으로 와."

"집으로? 알았어."

별다른 생각 없이 대답하는 김진수의 목소리에 유천은 그다음 생각에 여념이 없다.

그 이후 유천은 서너 군데 전화를 한 후에야 의자에 편히 앉았다.

"너무 많이 움직였나?"

오늘 따라 하루해가 유난히 길 것 같은 생각이 들었다.

다음 날 아침, 유천은 어머니와 식사를 하다 말고 조용히 말했다.

"어머니, 이사 가야겠어요."

"뭐, 이사? 무슨 뚱딴지같은 소리야?"

어머니가 깜짝 놀란 표정을 짓자 유천이 손을 잡았다.

"그동안 제가 준비한 게 있거든요."

"아니, 이 집도 괜찮은데."

"그래 봐야 전세잖아요? 이 아들의 마음은 어머니를 더 좋은 집으로 모시고 싶은 한결같은 염원밖에 없습니다."

"닭살 돋게 왜 그러니?"

"그러니까 그냥 준비하시라고요. 며칠 있으면 이삿짐 차 올 거예요."

유천의 말에 어머니는 가만히 바라보다 말했다.

"유천아, 너 돈 함부로 쓰는 거 아니냐?"

"아니요. 절대 그렇지 않아요."

"이 어미가 보기에는 그런데?"

"아니요. 쓸 때는 써야 된다고 배웠습니다."

유천이 말하자 어머니가 물었다.

"내가 그런 말도 했니?"

"아니요. 책에서요."

"요즘 책도 많이 보니?"

"전에 한창 책 봤잖아요. 도서관 가서. 그때 알았어요."

유천이 둘러대자 어머니는 더 이상 말하지 않았다.

그러나 걱정 어린 눈으로 잠시 유천을 바라보다가 기어코 말을 내뱉었다.

"너무 허튼 데 쓰면 안 돼."

"그럴 생각 없습니다."

"그래야지."

눈치를 보던 유천이 어머니에게 조심스럽게 물었다.

"어머니, 뭘 가져가실 겁니까?"

"여기 있는 거 다 가져간다."

방 안을 가리키는 어머니 손길이 가늘게 떨린다. 유천은 어머니 마음을 바로 알아챌 수 있었다.

어머니가 가리키는 방 안에는 돌아가신 아버지와 함께 피땀 흘려 마련한 세간이 즐비했다.

유천은 그런 어머니의 마음을 충분히 이해할 수 있었다.

"알겠습니다."

그것으로 이야기는 끝이 났다.

어머니 방에서 나온 유천은 지체 없이 이주봉에게 연락했다.

"얼굴 좀 보자."

―언제요?

이주봉의 반가운 목소리에 유천이 환한 음성으로 대답했다.

"일단 얼굴 보고 얘기하자."

―금방 가겠습니다.

"그래, 진수 데리고 와."

유천은 이주봉과의 연락을 마치고 편안한 마음으로 소파에서 기다렸다. 둘이 도착하는 데는 채 한 시간도 걸리지 않았다.

두 사람은 득달같이 거실로 들이닥쳤다.

"유천아."

"형님."

두 사람의 반가운 인사에 유천이 고개를 돌렸다.

"어머니한테 먼저 인사드리고 와."

"집에 계셔?"

"그럼."

유천의 대답에 두 사람은 안방으로 들어갔다. 10여 분이 지나자 두 사람이 나왔다.

두 사람은 소파 맞은편에 앉아 유천의 말을 기다렸다. 유천은 그들의 표정을 보자 살짝 장난기가 떠올랐다.

"할 게 없다."

"무슨 말이야?"

"마땅히 사업할 게 없어."

"그래."

실망한 김진수의 표정과 달리 이주봉은 한결 느긋한 표정이다.

"넌 괜찮아?"

유천이 묻자 이주봉이 말했다.

"형님만 믿습니다."

"자식 군대 출신답게 단순하기는."

"한번 믿으면 끝까지 믿어야죠."

이주봉의 진지한 얼굴을 보자 유천은 더 이상 농담할 기분이 사라졌다.

"농담이야. 사업할 건수 생겼어."

"무슨 일인데?"

"프랑스에서 진짜 개고생해서 얻어온 아이템이거든."

유천이 생색을 내자 김진수가 목이 타는 듯 물었다.

"도대체 무슨 일인데 이렇게 뜸을 들여?"

"프랑스 유학에 관련된 일이야."

"유학? 유학원은 많잖아."

김진수가 실망한 얼굴을 보이자 유천이 웃으며 설명했다.

"그런 유학원하고는 달라. 프랑스 교육부와 직접 연결된 유학원이지. 자격이 안 되면 어학연수 등의 편의를 봐주기로 했어."

"그게 가능해?"

김진수가 깜짝 놀란 표정으로 묻자 유천이 넘겨짚었다.

"너 유학에 대해서 좀 알아?"

"잘은 모르지만 그렇게 쉽지 않다고 들었어."

"자격만 된다면 얼마든지 받아준다는 프랑스 교육부의 확언이 있었어."

"그렇다면 대박이지."

김진수가 환한 표정으로 말하자 유천이 고개를 끄덕였다.

"일단 서울 중심부 쪽에 건물 하나 잡아서 유학원을 차리자고."

"돈이 문제인데. 중심가는 비싸잖아."

얼굴에 난색을 보인 김진수에게 유천이 힘을 실어줬다.

"그 정도는 충분히 벌어왔으니까 걱정하지 말고 진수 네가 맡아서 처리해."

"거액이 들어."

"내가 책임져."

"알았어. 사업이라면 또 내가 한 사업 하잖아."

자신만만한 김진수의 말에 유천이 바로 초를 쳤다.

"그런 놈이 치킨집을 말아먹냐?"

"그건 장사잖아."

김진수의 넉살이 싫지 않은 유천이 한마디를 덧붙였다.

"진수야."

"왜?"

"너 유학원 사무 같은 거 맡아볼 수 있어?"

"……."

침묵하는 김진수 얼굴에 약간의 두려움이 서려 있다.

다른 사업도 아니고 유학원이라면 머리 있는 인간들을 상대하는 일이다.

자신이 그런 일을 해본 경험이 없기 때문에 조금 기분이 가라앉은 표정이다.

5장

챗길 건 챗기고

유천은 그런 김진수에게 살며시 제안했다.

"너 성진이 알지?"

"어, 알아. 근데 걔는 왜?"

"같이하면 좀 편하지 않을까?"

"그건 당연한 일이지."

반색하는 김진수를 보고 유천은 오히려 편안한 마음이 되었다.

"기분 안 상해?"

"기분이 왜 상해? 내가 힘든 일 걔가 하는 거 아니야."

"자식."

유천은 마음이 좀 풀리는 걸 느꼈다.

만약 김진수가 욕심낸다 하면 기분 나쁠 수도 있었다. 하지만 김진수는 자신의 위치를 정확하게 파악하고 있었다.

그 점 하나로도 충분히 만족스러웠다.

"둘이서 잘해봐. 성진이는 실무를 맡고 돈에 관련된 건 너한테 맡기지."

"너는?"

"한마디만 하지. 믿고 맡긴다."

"열심히 해볼게. 그리고 앞으로 네 말 잘 듣기로 했다."

김진수의 결심 어린 말에 유천이 고개를 갸웃거렸다.

"갑자기 왜 그래?"

"너 선견지명이 있더라. 네 말 안 들었다가 치킨집 개피 봤잖아."

"자식, 그럼 됐고. 주봉아."

유천이 시선을 돌리자 이주봉이 환하게 웃으며 말했다.

"저도 유학원에서 일하는 겁니까?"

"나 좀 보자."

유천이 이주봉을 마당으로 데려간 후 입을 열었다.

"넌 다른 데서 일해야 될 것 같아."

"무슨 일입니까?"

유천은 이주봉을 바라보며 자신의 속생각을 털어놓았다.
유천은 진지한 얼굴로 이주봉에게 말했다.

"회사를 하나 세워야겠어."

"좋은 아이템이 있으십니까?"

"아니."

뚱딴지같은 유천의 대답에 이주봉이 멍한 얼굴로 변했다.

"아니, 그런데 무슨 회사를 세운다는 겁니까?"

"일단 머리 좋은 놈들을 뽑아놓고 사업 계획을 세우는 게
좋겠어."

"형님, 그건 너무 황당한 얘기 아닙니까? 이런 얘기는 처음
들어봅니다."

기가 막힌 듯 이주봉이 얼굴색이 변했으나 유천은 크게 개
의치않았다.

"원래 처음 하는 일이 터지면 크게 터지는 거야."

"망해도 크게 망합니다."

"그렇게 크게 망할 게 없잖아."

유천의 말에 이주봉이 고개를 갸웃거렸다.

"망할 일이 없다니요?"

"제대로 사업도 못해 본다면 투자되는 건 인건비밖에 더
있겠어? 고정비하고."

"형님, 아이템 잡고 시작해도 충분합니다."

"그런데 떠오르는 아이템이 없으니까 다른 사람 머리를 빌리자는 거지. 아무래도 한 사람 머리보다는 여러 사람 머리가 낫지 않겠어?"

"하아!"

한숨을 푹 내쉬는 이주봉의 눈빛에 묘한 빛이 감돈다.

"왜, 이상해?"

"형님의 배포에 질리는 기분입니다. 형님처럼 사업하시는 분, 세상에 없을 겁니다."

"나도 그렇게 생각하는데, 새로운 방법이 될 수도 있잖아."

"정말 그렇게 하실 겁니까?"

이주봉이 묻자 유천이 강하게 말했다.

"하기로 결정했어."

"따르겠습니다."

이주봉은 더 이상 반발하지 않았다. 그 점이 마음에 든 유천이 말했다.

"잘될 거야."

"그랬으면 저도 좋겠습니다."

"회사 건물 구하는 대로 구인 광고 올려."

"조건은 어떻게 됩니까?"

"여기 있어."

유천은 준비한 종이를 내밀었다. 꼼꼼하고도 세심히 훑어보던 이주봉은 기가 막힌 표정이다.

"이렇게 월급이 세도 괜찮습니까?"

"그 정도는 돼야 똑똑한 놈이 오지 않겠어?"

"뭐, 사업 아이템이 있어야 올 거 아닙니까."

"오기 싫으면 말라 해."

유천 말에 이주봉이 한마디 했다.

"지원자들이 인터넷 검색해 보면 우리 회사는 나오지도 않을 텐데요."

"안정적인 걸 바라는 인간들은 필요 없어. 도전적인 인간들이 필요하지."

유천은 단 한 번도 굽히지 않았다 이주봉은 머리를 흔들면서도 따랐다.

"해보도록 하죠."

"이거 그대로 올리면 돼. 그리고 연락 오는 건 다 네가 받아."

"바로 올립니까?"

"아니. 일단 사무실을 구해야겠지? 유학원 바로 근처나 2층, 그런 데가 좋지 않겠어?"

"그렇게 하죠."

이야기는 끝났다.

유천은 이주봉 몰래 미소를 머금었다.

'생각한 건 있어.'

다만 아직 시장조사가 끝나지 않았기에 말을 조심했다. 또한 신입사원에게서 좋은 아이디어가 나오면 그쪽으로 돌릴 마음도 있었다.

두 사람을 보내고 다시 자기 방으로 들어온 유천은 소중히 간직하고 있던 수첩을 뒤적거리다 전화번호를 하나 발견했다.

"아직도 이 번호 그대로인가?"

일단 걸어보면 확인될 일이다. 천천히 버튼을 누른 후 신호가 가자 기다렸다.

"여보세요?"

낯익은 목소리가 불어로 말하자 유천의 얼굴이 대번에 환해졌다.

"에스푸아르 맞지? 나 유천이야. 오랜만이야."

─뭐, 유천? 야, 어쩐 일이야? 살아 있었어?

반가운 목소리에 뭉클한 감정이 솟아난다.

서로 외인부대원 시절 생사를 넘나들던 처지인 터라 정이 각별했다.

유천이 애써 감정을 누르고 물었다.

"그럼 잘살고 있지. 너는 어때?"

—나야 뭐 그렇지. 파리에서 조그마한 잡화상을 하고 있
어.

"뭐? 아주 잘됐네."

—그건 또 무슨 소리야? 가게가 작아서 영 궁상맞아 죽겠
어.

에스푸아르가 엄살을 떨었지만 유천에게는 희소식이었다.

"너 거기서 일 좀 도와줘라."

—무슨 일?

"한국에서 유학생 보내면 돌봐줘."

—뭐?

뚱딴지같은 말에 에스푸아르가 놀라는 순간 유천이 설명
했다.

"그러니까……."

—그러니깐 네 말은 방 많은 저택을 구하고 개들 안전을 책
임지라는 거야?

"왜, 싫어?"

—보수는?

"잡화상보다야 훨씬 나을걸."

유천의 장담에 에스푸아르가 잠시 고민하더니 물었다.

—오래 할 거야?

"프랑스 교육부에서 도와주기로 했어."

―프랑스 교육부? 거기서 왜?

에스푸아르의 질문에 유천이 슬쩍 둘러쳤다.

"나한테 신세졌거든. 자세한 이야기는 못하는 거 알지?"

―비밀이야?

"너 알면 오래 살기 힘들어."

유천의 말에 구미가 당긴 에스푸아르가 말했다.

―좋아, 할게.

"시작하면 제대로 해. 아님 죽어."

―유천 네놈 성격 네가 모르냐? 그나저나 프랑스는 언제 와?

"한번 갔다 왔어."

―그런데 나한테 안 들렀단 말이야?

"프랑스에 하루도 못 있었어."

유천의 악의 없는 거짓말(?)에 에스푸아르가 약간 떨리는 목소리로 말했다.

―혹시 외인부대 갔다 온 거 아니야?

"맞아. 갔다가 인사만 하고 그냥 왔어."

―그 자식들.

에스푸아르도 역시 외인부대라면 치가 떨리는 모양이다. 에스푸아르의 사정은 유천이 더 잘 알았다.

어려운 집안 사정 때문에 외인부대에 지원해 밑천 잡아 가게 한다고 전부터 떠들어온 것을 모르지 않았다.

"걱정하지 마. 이제 외인부대와 완전히 끊었으니까. 잘 부탁해."

─걱정 마.

"조만간 프랑스에서 보자."

─목 빼고 기다릴게.

에스푸아르의 호의적인 말을 들으며 즐겁게 통화를 마치고 난 유천은 잠시 천장을 바라봤다.

"이제 시작이다."

회심의 미소가 떠올랐다.

며칠 후.

드디어 이삿짐 차가 들이닥치기 시작했다. 유천은 집에 들어선 이삿짐센터 직원들에게 일일이 설명했다.

"말씀드린 대로만 가져가시면 됩니다."

"알겠습니다."

이삿짐을 나르는 손길이 바쁘다. 그러자 어머니가 유천 앞으로 다가와 어리둥절한 얼굴로 물었다.

"유천아, 다 가져가는 거 아니니?"

"아니요. 이 집에 이사 오는 사람들도 가전 집기가 없대요. 두고 가려고요."

"우리는 어쩌려고?"

"이미 장만해 놨거든요."

딱!

어머니가 유천의 어깨를 때렸다.

"이 녀석아, 돈 아끼라고 그랬잖아."

"쓸 땐 써야지요."

유천은 끝까지 어머니에게 미소를 보냈다.

어머니는 그런 유천의 고집을 잘 알기에 더 이상 말하지 않았다.

들고 갈 이삿짐이 많지 않은 탓에 이삿짐 차는 금방 출발했다.

차가 떠나는 걸 본 유천이 어머니에게 말했다.

"우리도 가야죠."

"그럴까?"

이제야 어머니의 얼굴에 약간 흥분이 감도는 듯하다.

이사 가는 건 사람의 마음을 기쁘게도 하고 슬프게도 한다.

그런 어머니에게 유천이 말했다.

"가보시면 깜짝 놀라실 겁니다."

"뭔데?"

"어머니, 마음의 준비를 단단히 하세요."

유천의 말에 어머니가 조용히 말했다.

"집이 작니?"

"네?"

"이삿짐도 많이 안 가져가는 거 보니 집이 작은 모양이구나. 엄마는 괜찮아."

오히려 유천을 위로하는 어머니이다. 그 말에 기가 막혔지만 유천은 시치미를 뚝 뗐다.

"가보시면 알 겁니다."

미리 말해서 산통을 깨고 싶은 마음은 없었다. 눈치를 보던 유천이 어머니에게 슬며시 다가섰다.

"어머니 좀 드릴 말씀이 있습니다."

"그래?"

"실은 주봉이 아시죠?"

"응. 알지."

"그 여동생을 우리 집에 살게 할까 합니다."

"그래?"

어머니는 영 어리둥절한 모양이었다.

유천은 어머니의 의문이 오래가기 전에 재빨리 입을 열었다.

"주봉이 저 녀석이 정이 많더라고요."

"정?"

"실은 오늘 오는 여동생이 지체부자유입니다."

"어머."

어머니는 대뜸 안쓰러운 표정으로 변했다.

여자 특유의 감성이 발동한 것을 알아챈 유천이 한결 편안한 목소리로 말했다.

"저 녀석이 지 여동생 때문에 나쁜 길까지 접어들었더라고요."

"나쁜 길?"

"산골짜기 집에 사는 것이 안타까워 전세라도 얻어주려고 말입니다."

"……."

어머니는 아무런 말도 하지 않았다.

"저 주봉이와 같이 끝까지 일해야 될 것 같거든요."

"그래서 도와주는 거냐?"

"아니요. 제 마음이 내키더라고요."

"음. 일단 와서 보자꾸나."

어머니는 더 이상 말을 아꼈다. 말만 들어서는 영 실감이 나지 않는 모양이었다.

유천도 어머니에게 굳이 더 이상 설명할 필요는 없었다.

어차피 조금 있다가 이혜진이 오면 모든 것이 해결될 일이었다.

유천이 구해둔 집 앞에 드디어 이삿짐 차가 섰다.

벌써 집 앞에는 이삿짐 차 서너 대가 부지런히 물건을 나르고 있다. 그 모습을 바라보던 어머니가 놀라 물었다.

"저건 다 뭐니?"

"놀랄 일이 있을 거라 했지 않습니까. 들어가요."

어머니가 차에서 내리자 유천은 이삿짐센터 직원에게 말했다.

"안방으로 옮겨주세요."

"네, 사장님."

집의 규모에 놀란 탓인지 이삿짐센터 직원은 정중하기 그지없었다.

"어머니, 들어오세요."

천천히 집 안으로 들어가자 맨 먼저 보이는 건 이주봉의 환한 얼굴이다.

이주봉이 유천을 보자마자 뛰어왔다.

"형님, 오셨습니까?"

"그래, 준비는 잘되고 있어?"

"그럼요. 그런데 웬 집이 이렇게 큽니까?"

"나중에 알게 돼. 이삿짐 직원들 안내 좀 해줘. 진수는?"

"저쪽에 계신데요? 지금 짐 놓느라 정신이 없습니다."

"알았어."

유천이 걸어 들어갔다.

유천의 이사는 그야말로 순식간에 끝이 났다.

이삿짐 하나씩 들고 한 번이면 충분할 정도의 인력이 남아 돈 탓이다.

이사가 끝나고 나자 곧 주변 청소까지 말끔하게 한 이삿짐 센터 직원이 차를 타고 떠났다.

이제야 고즈넉한 분위기로 유천과 어머니, 그리고 김진수, 이주봉이 나란히 자리했다.

유천이 어머니에게 말했다.

"어머닌 피곤하실 텐데 방에 가서 좀 쉬시죠."

"그럴까?"

어머니는 오래 살아온 연륜답게 눈치 빠르게 방으로 들어 갔다.

세 사람이 남자 유천이 말했다.

"이야기 좀 하자."

"도대체 궁금해. 왜 이렇게 큰 집을 구한 거야? 단 두 식구 잖아."

"두 식구 같아?"

"그게… 이삿짐을 새로 산 걸 보면 그게 아닌 것도 같고."

김진수가 고개를 갸웃거리자 유천이 빠르게 말했다.

"진수와 주봉이, 너희도 여기서 살자."

"뭐?"

"이건 부탁이야. 아무래도 세 사람이 있으면 어머니가 덜 심심할지도 모르잖아. 그리고 앞으로 하는 일에 대해서 서로 똘똘 뭉쳐야 하잖아."

"그래서 저 짐이 우리 거라는 거야?"

"그래. 저쪽은 진수 방, 저쪽은 주봉이 네 방이야."

유천의 말이 떨어지자 이주봉이 얼른 방을 보고 오더니 놀라 말한다.

"형님, 방이 열다섯 평도 넘을 것 같아요. 엄청 큰데요?"

"널찍하게 쓰라고 좀 큰 집으로 했어."

유천의 말에 김진수도 나섰다.

"그럼 나도 여기서 사는 거야?"

"살기 싫어?"

"무슨 소리야. 내가 갈 데가 어디 있다고."

김진수가 얼른 고개를 저었다. 그런 김진수를 미소로 바라보던 유천이 한마디 했다.

"앞으로 세 사람이 더 올 텐데."

"또 올 사람이 있어? 혹시 저 별채?"

"그래."

"별채는 제대로 살림살이를 꾸며놨던데."

김진수가 묻자 유천이 답했다.

"기다려 보면 알 거야."

유천이 말을 아끼자 김진수가 답답한 듯 물었다.

"도대체 누가 오는데?"

유천은 잠깐 시계를 보고 곧장 답했다.

"올 시간이 된 것 같은데? 아, 저기 오네."

유천이 손가락으로 가리키자 1톤짜리 이삿짐 차량이 집으로 오고 있다.

철컥!

문이 열리고 내리는 사람을 본 이주봉의 눈이 커졌다.

"혜진아!"

"오빠!"

약간 어리바리한 목소리가 들리며 이혜진이 이주봉에게 비틀거리며 걸어온다. 이주봉은 쏜살같이 달려가 이혜진을 안았다.

"네가 어떻게 여기를?"

"오빠 선배가 이쪽으로 이사 오라고 했어요."

"이사?"

그제야 깜짝 놀란 이주봉이 유천을 바라봤다. 유천은 팔짱을 낀 채 고개를 끄덕일 뿐이다.

이주봉이 순간 눈빛이 혼들리며 유천에게 다가섰다.

"형님."

"아무 말도 하지 마. 그냥 마음이 시켰어."

"형님, 정말⋯⋯."

"얼른 이삿짐 날라야지. 자, 가자고."

유천이 팔을 걷어붙였다. 그러자 옆에 있던 김진수가 유천에게 다가서며 말했다.

"씨발, 기분 더럽네."

"무슨 소리야?"

"너무 좋으니까 더럽다, 야. 어서 나르자."

누구랄 것도 없이 이삿짐에 달려들어 나르기 시작했다. 그런데 이주봉은 다시 한 번 온몸을 부르르 떨었다.

"형님."

"형이라 부르라 그랬잖아."

유천이 말하면서 가구 하나를 꺼내 들었다.

이주봉이 놀란 이유는 너무도 간단했다. 지겹도록 봐오던 동생네 살림살이가 아니었다.

모두 반짝반짝한 새 가전제품과 가구들로 이삿짐 트럭이 꽉 차 있다.

모두 비싸기로 소문난 브랜드 상품뿐이었다.

이주봉은 떨리는 가슴을 애써 막으며 이삿짐을 들었다.

그렇게 이삿짐을 나르다 보니 30분도 채 지나지 않아 모든 이삿짐이 집 안으로 들어갔다. 그제야 유천은 어머니에게 말했다.

"어머니, 제가 소개해 드릴 사람이 있어요. 오세요."

"그러자."

어머니는 사전에 들었던 걸 기억했던지 말없이 유천을 따라왔다. 새 소파에 어머니를 앉게 한 유천이 입을 열었다.

"어머니, 이제 딸, 그리고 사위 하나 얻었다고 생각하시면 됩니다. 같이 있으면 적적하지 않으실 거예요."

"그래, 이리 와봐라."

어머니가 이혜진의 손을 잡았다. 이혜진은 머뭇거리며 어머니에게 다가섰다. 그러자 어머니가 이혜진을 부드럽게 끌어안았다.

"우리 잘 살아보자."

"흑."

그제야 터져 나오는 이혜진의 울음소리다.

옆에 있던 이혜진의 신랑은 서투른 말투로 연신 유천에게 고개를 숙였다.

"감사… 합니다. 감사… 합니다."

유천은 말없이 인사를 받아줄 뿐이다.

그때 이주봉이 다가서며 유천에게 말했다.

"형님, 그래서 모든 방에 턱을 안 두신 겁니까? 그리고 이 벽 뾰족한 부분에 부드러운 스티로폼을 다신 거고요?"

"다치면 곤란하잖아."

"형님."

이주봉이 유천을 와락 끌어안았다. 유천은 순간 인상을 구기며 한마디 했다.

"새꺄, 난 남자 안 좋아해."

"형."

"다 같이 잘살아 보자니까."

유천의 한마디에 모두의 마음에 따뜻한 난로가 들어선 것만 같았다.

유천은 주봉에게 한마디 했다.

"주봉아, 오늘만 살자."

"네?"

"내일은 머릿속에 있잖아. 결국 오늘을 충실히 살다 보면 되는 거야. 내일을 걱정할 필요는 없어."

"형님."

"그래서 나는 오늘을 충실히 살려고 해. 그러다 보면 내일이 오늘이 되겠지."

"어려운데요?"

이주봉이 고개를 젓자 유천이 무게를 잡았다.

"너보다 조금 더 산 사람의 인생 경험이라고 생각해라."

"저도 형님 나이가 되면 알 수 있을까요?"

"글쎄다."

유천이 슬쩍 웃었다.

이주봉은 조금 불만서린 표정이었지만 이내 지웠다.

"이젠 제 마음의 짐을 덜었으니 열심히 해보겠습니다."

"그래야지. 그러려고 이렇게 계획을 꾸민 거 아니냐?"

"이런 계획이면 백 번이고 찬성입니다."

이주봉이 환하게 웃었다.

그 웃음을 본 유천은 자신의 판단이 맞았음을 다시 한 번 실감했다.

그날 저녁이다.

어머니와 함께 이야기를 나누고 있던 유천은 깜짝 놀랐다.

쩔뚝쩔뚝.

비틀거리며 혜진과 혜진의 남편이 걸어오고 있다. 그 옆에는 이주봉이 안절부절못하는 모습으로 바라보고 있다.

소파에서 일어선 유천이 입을 열었다.

"아니, 왜 쉬지 않고."

"인사… 드려야죠."

혜진이 힘겹게 말하며 소파 옆으로 다가왔다.

"무슨 인사를?"

옆에 있던 어머니도 한마디 거들자 혜진이 배시시 웃었다.

"절… 받으세요."

그리고는 부부는 힘겹게 큰절을 올리기 시작했다. 구부러지지 않는 다리, 채 펴지지도 않는 손으로 하는 절이 쉬울 리가 없었다.

몸 한 번 굽히는데도 거의 1분 이상이 소요되고 이마에서는 땀방울이 뚝뚝 떨어졌다. 보다 못해 어머니가 한마디 했다.

"그만하거라."

"어머니, 가만 계세요."

유천이 어머니를 살며시 제지했다. 어머니는 유천을 바라보며 못마땅한 표정을 지었다.

"아니, 넌 저걸 보면서도 그러니."

"어머니, 진심은 진심으로 받아야죠."

어머니가 유천의 뜻을 이해하고는 더 이상 말하지 않았다.

두 사람은 묵묵히 힘겹게 큰절을 올리는 부부를 바라봤다. 마침내 두 사람이 어설프나마 큰절을 올리고는 고개를 들었다.

"저희가… 드릴 게… 이거밖에 없어요."

"아이고, 무슨……. 어서 일어나거라."

어머니가 다가가는 순간 유천이 말했다.

"이제부터는 날 큰오빠, 그리고 어머니로 여겨."

"큰… 오빠요?"

"그래, 큰오빠."

"……."

침묵하는 혜진의 눈에 가는 이슬이 맺히고 있다. 유천은 그런 혜진을 보며 넌지시, 그러나 힘있게 말했다.

"말만 큰오빠가 아니라 진짜 큰오빠가 돼주마. 어머니도 어머니가 돼주실 거죠?"

"그럼그럼. 저런 큰 딸이 있으니 얼마나 좋아. 손주도 생기고."

"좋으시겠습니다."

"그렇지. 아들이라고 있는 놈이 손주 구경도 안 시켜주니 엉뚱한 데서 오네."

유천은 빙긋 웃음으로 맞이했다.

어머니의 마음이 가슴에 전해지는 기분이다. 어머니는 최대한 분위기를 어색하게 하지 않기 위해서 농담까지 던지고 있었다.

평소 농담을 잘 하지 않는 어머니 성격으로 봤을 때 놀라운 일이기도 했다.

유천은 천천히 다가가 혜진의 손을 잡았다.

"이제 널 여동생으로 여기마. 그리고 제부도."

"감… 사합니다."

두 사람은 복받치는 감정을 이기지 못해 주르륵 눈물을 흘렸다.

유천은 그런 그들을 바라보며 조용히 몸을 부축해 일으켰다.

"가서 쉬어. 힘들었겠다."

현관까지 바래다주고 난 후 유천이 몸을 돌렸다. 그러자 어머니가 유천을 대견한 듯 바라봤다.

"내 아들, 이제 보니 정도 있네?"

"누구 피겠어요."

두 사람 사이에서는 그 누구도 알지 못할 감정의 소용돌이가 몰아치고 있었다.

유천이 어머니의 손을 잡았다.

"어머니, 아무래도 저나 주봉이, 그리고 진수가 앞으로 많이 바쁠 것 같습니다."

"그럴 것 같다. 내가 눈치를 봐도 그러니까."

약간 서운해하면서도 어머니는 감사하는 표정이다. 사실 아픈 사람은 주위에 사람이 있길 원한다.

그 점을 잘 알고 있는 유천은 마음이 아팠지만 다음 말을 힘 있게 꺼냈다.

"그래서 혜진이와 혜진이 식구를 데려온 겁니다. 앞으로 딸처럼 지내다 보면 적적함이 덜하실 겁니다."

"그러기야 하겠지만……."

"그리고 집안일 돌봐줄 아주머니도 한 명 구했습니다."

"아주머니?"

어머니의 눈빛이 살짝 변했다.

"돈 얘기 꺼내지 마십시오. 저에게 돈보다 중요한 건 어머니거든요. 아시겠죠?"

아예 못을 박아버리는 유천의 말에 어머니도 싱긋 웃었다.

"늙어서 효도 받으려니 아주 가슴이 벅차다."

"앞으로 받을 효도가 천지에 널렸습니다. 그리고 언젠가 제가 한가해지면 어머니 옆에 있겠습니다."

"그래야지. 너도 장가가야 될 거 아니야?"

"아직은 그럴 때가 아닌 것 같습니다."

"그리해라."

어머니도 유천이 아직 적령기가 아니기에 그다지 신경 쓰는 눈치는 아니었다.

유천은 곧바로 소파를 일어서 이주봉에게 다가갔다.

"주봉아."

"형님, 뭐든지 말씀하십시오."

이제는 거의 절대 충성하는 기색이다.

"우리도 시간 날 때마다 집에 들어오자고."

"저도 그럴 생각입니다. 그리고 한 가지 문제가 있는

데……."

"말해봐라."

"여기 살다 보면 제가 이제 돈을 벌어야 될 거 아닙니까."

이주봉의 얼굴이 잔뜩 굳어 있다.

"그렇지."

"많이 벌어야 될 것 같습니다. 아차 하면 우리 동생 기초생활수급비도 사라집니다."

"야, 인마."

유천이 인상을 찌푸리자 이주봉이 마주 바라봤다.

"왜 그러십니까?"

"그 정도는 신경 안 쓰게 해줄게. 걱정하지 마라."

"뭐, 믿습니다."

이주봉이 눈빛을 풀며 환하게 웃었다.

유천은 앞에 보이는 높은 산에 시선을 주며 말했다.

"저 산을 뛰어넘자고."

"저 산에 뭐가 있습니까?"

"말이 그렇다는 거야, 이 자식아."

움찔하는 이주봉을 바라보는 유천의 미소가 흐뭇하다.

때로는 이런 단순한 사람도 주위에 필요했다.

다음 날, 아침부터 유천은 방으로 김진수, 이주봉을 불러들였다.

두 사람은 잔뜩 흥분한 표정이다. 유천은 최대한 태연하게 입을 열었다.

"진수야, 그리고 주봉아."

"네, 형님."

이주봉이 먼저 대답하자 김진수가 채 대답하기도 전에 유천이 말을 꺼냈다.

"우리가 학벌이 좋냐, 백이 있냐, 그렇다고 돈이 많냐. 다 없잖아."

"그렇지."

김진수의 대답이다.

유천은 그런 김진수를 바라보며 다음 말을 이었다.

"그런데 우리에게 있는 게 있어."

"뭔데?"

"젊음이 주는 뜨거운 피, 그리고 실패해도 두려워하지 않는 나이. 이거면 충분하지 않아?"

두 사람의 눈빛이 타오르자 유천이 휘발유를 듬뿍 부었다.

"성공신화를 쓰자. 아니, 꼭 성공하자."

"할 수 있다면."

"아니. 해."

유천의 당당한 말에 김진수의 눈빛이 완전히 변했다.

"주봉이랑 뼈가 부서져라 해볼게. 이렇게 믿어준 너를 위해서 뭘 못하겠냐."

"진수야, 작심삼일은 안 된다. 작심삼년 정도는 용서해 줄게."

"녀석, 나 실패에 이골이 난 놈이야. 성공이란 말만 들어도 이가 갈린다."

"그래, 성공이라는 말을 부드럽게 받아들이려고 노력해 봐. 그리고 주봉아."

"네, 형님."

이주봉이 잔뜩 긴장한 표정이다.

6장

어머니의 부탁

유천은 그런 이주봉에게 싱긋 웃으며 말했다.

"어깨에 힘 풀어라."

"말씀만 하십시오. 제가 뭘 못하겠습니까?"

이주봉은 유천의 배려에 깊이 감격한 표정이다.

늘 마음이 쓰였던 동생 부부를 받아준 것만 해도 눈물이 날 지경이다.

그런데 그런 유천을 위해서 못할 게 무엇인가 하는 생각에 눈빛이 번뜩인다.

유천은 그런 이주봉에게 말했다.

"야, 부담스럽다. 잘하면 죽으라면 죽겠네."

"죽으라면 죽을 생각입니다."

"헛소리하지 말고 너도 끝까지 가보자."

"가겠습니다."

"두 사람한테 말하지. 먼저 배신하지 않으면 난 뒤돌아서지 않아."

묵직한 한마디에 두 사람의 마음이 움직였다. 유천의 성격을 잘 아는 탓이다.

한번 입에서 뱉은 말은 죽어도 돌리지 않는 유천을 오랫동안 봐온 두 사람이다. 그런데 그런 유천의 입에서 폭탄발언이 터져 나왔다.

두 사람이 바라보는 순간 유천이 한마디 했다.

"진수야. 유학원은 육 개월 내로 정상 가동해야 해. 물론 학원 건물은 빨리 해주마."

"더 빨리 할게."

다짐하는 김진수에게 유천이 넌지시 말했다.

"진수야, 사업에서 돈이 전부잖아?"

"그거야 그렇지만……."

"그걸 네게 주는 거야. 성진이는 달라."

"곧 실력을 키우마."

힘있게 말하는 김진수를 보고 유천이 말했다.

"사람은 자신이 해야 될 일이 있어. 우선 돈 문제만 맡아."

"그렇게 할게."

"그리고 다른 사람이 보는 앞에서는 말을 올리자."

"그것도 그렇게 할게."

김진수의 말이 힘겹게 나오자 유천이 한마디 했다.

"분명한 건 새로 오는 친구보다 널 믿는다. 그래서 돈을 너에게 맡기는 거야."

"내가 말이야, 친구 돈 들고는 안 뛴다."

"뛰어도 돼. 단, 뛰려면 많이 들고 튀어."

"유천아."

김진수가 놀라 바라보자 유천이 말했다.

"우정을 팔아먹으려면 평생 동안 먹고살 정도는 가지고 가야지. 안 그래?"

"나 그런 일 없어."

"있으면 안 되지. 그러면 난 너를 용서하지 않을 테니까. 아마 죽여 버릴걸."

담담한 말이지만 꼭 하겠다는 살기가 뿜어져 나오자 김진수가 움찔했다.

"야, 잘하면 죽이겠다?"

"그런 상황이 오면 죽이지."

유천의 말이 떨어지자 뒤에 있던 이주봉이 말했다.

"전 두 번 죽이셔도 됩니다."

"걱정하지 마. 넌 돈 문제는 아니니까."

"죽어도 안 합니다."

"그렇게 알고, 우리 출발할 준비하자. 유학원부터. 그리고 두 번째는."

유천의 말이 떨어지기도 전에 이주봉이 한마디 했다.

"사업이 참 골 때리긴 합니다."

"항상 창의적인 생각으로 살아야지. 안 그래? 자, 힘내자."

유천이 손을 내밀자 두 사람이 얼른 손을 올린다.

척, 척.

"오늘은 셋이지만 언젠가는 이날을 기억할 날이 올 거야. 꼭 그렇게 될 거야."

패기에 불타는 유천의 말에 두 사람도 슬쩍 손에 힘을 줬다.

다음 날 오전부터 집을 나선 유천은 아주 간단하게 생각했다.

"부딪치자."

결정을 내린 유천은 곧바로 서울 중심부에 있는 부동산으로 향했다.

얼마 후, 유천의 손에는 계약서가 들려진 채 빈 가게 하나를 물끄러미 바라보고 있다.

"좋네."

서울 중심가라 그런지 1층은 너무 비쌌다. 2층을 적당한 가격에 구하고 유천은 곧바로 위로 올라갔다.

쭉 둘러본 후 유천은 바쁘게 움직였다.

유천은 그야말로 눈썹이 휘날리게 돌아다녔다.

인테리어 업자를 만나 프랑스 전통 양식으로 해줄 것을 몇 번이고 주문했다.

"골치 아프네요."

"대신 인테리어 비는 더 드리도록 하죠."

유천 말에 인테리어 업자의 태도가 싹 변했다.

"최선을 다해서 만들겠습니다."

역시 돈은 귀신도 부린다는 말이 맞았다.

쾅쾅!

요란한 인테리어 공사가 시작되자 유천은 사방을 돌아다니며 부탁하기에 바빴다.

"그쪽은 사람들의 시선이 많이 가는 곳이니 좀 꼼꼼히 마무리해 주세요."

"예, 사장님."

가게를 꾸미던 인부들이 바로 대답했다.

행복한 기분으로 바라보던 유천은 갑자기 가슴을 움켜잡았다.

"욱!"

가슴에서 격렬한 통증이 일어나 숨조차 쉴 수가 없다.

내색하지 않기 위해 애를 쓰던 유천은 근처에 있는 의자에 털썩 주저앉았다.

"크윽, 왜 이래?"

통증은 아주 격렬하게 온몸을 휩싸왔다.

가슴에서 시작된 통증은 도무지 가라앉을 줄을 몰랐다.

그렇게 3분여가 지난 후 간신히 통증이 사라지자 허리를 폈다.

슥.

이마로 진땀이 주르륵 흘러내렸다.

유천은 약한 모습을 보이기 싫어 얼른 외진 곳으로 가 주저앉았다.

고통에 슬쩍 눈을 감자 영상이 또렷하게 떠올랐다.

"내가 드러나면 적도 오는 것이다. 그들을 소멸하라."

석함의 인연이 강하게 소리쳤다.

유천은 얼른 고개를 강하게 저으며 부정했다.

'먹고살기도 바쁜데.'

그 생각을 하는 순간 머리에 벼락이라도 얻어맞은 듯 온몸이 파르르 떨렸다. 잠시 숨을 고르는 순간 겨우 고통이 사라졌다.

"생각도 못하게 하네."

순간 불길한 예감이 든 유천은 한마디를 던지고 가게를 나섰다.

"잘 부탁해요."

대답을 들을 겨를도 없이 곧바로 유천은 서울대학병원으로 향했다.

그러나 검사 결과는 예상 밖이었다.

"검사 결과 아무 이상이 없는데요?"

"가슴에 격렬한 통증이 와서 숨도 못 쉴 지경이었습니다."

"모든 정밀 검사를 해도 아무 이상이 없습니다."

오십 대로 보이는 의사가 고개를 갸웃거렸다.

꾀병도 아니고 묘한 입장이 된 유천이 머쓱하게 인사했다.

"영문을 모르겠네요. 분명히 통증이 심했습니다."

"갑자기 통증이 올 때도 있어요. 대부분 원인 불명이지만요."

의사의 마지막 한마디가 신경을 건드렸다.

'별일 아닌가?'

다행인 것은 정밀 검사 결과 몸에 아무런 이상이 없다는 것이다.

"그냥 스쳐 지나가는 거겠지."

병원을 나서며 유천은 스스로를 위안했다.

그러나 그건 오산이었다.

"윽!"

하루에 두 번씩 정확하게 5분간 통증이 계속 반복되었다. 보통 사람이라면 견디지 못할 고통이지만 유천은 용케 참아냈다.

더 환장하는 건 고통 받는 시간이 조금씩 길어진단 사실이다.

외인부대에서 기른 인내심에 악을 키워 그나마 버티게 했다. 그러나 계속 반복되는 고통에 유천은 조금씩 지쳐갔다.

'이러다 결국?'

죽을지도 모른단 불길한 예감마저 들었다.

그러던 어느 순간 유천의 눈빛이 하얗게 변했다.

"혹시?"

유천은 그제야 기억난 듯이 얼른 집으로 뛰어갔다.

이 힘을 사용하는 법을 알아야 한단 절박감이 강하게 뇌리를 때린 탓이다.

띠리릭.

진지에서 가져온 양피지를 조심스럽게 복사했다.

유천은 프린트하는 사이 검색을 통해 서아시아 고대 언어에 조예가 깊은 학자를 찾아냈다.

미국 등 서구학자들과 발굴 작업을 많이 해 명성도 자자했다.

외국 유명 고고학자가 한국인과 함께 작업하는 일이 드문데 놀라운 경우다.

이 사람이라면?

희망이 생겼다.

유천이 부리나케 차를 몰고 도착한 곳은 동국대학교 사학과 교수 사무실이다.

장인규 교수.

한국에서 알아주는 고고학자이자 아시아 고대 문자의 권위자이기도 했다.

똑똑.

가볍게 노크한 후 유천은 망설임없이 교수실 문을 열었다. 다행히 잠겨 있지 않아 문이 쉽게 열렸다.

철컥.

문을 열고 들어서자 책상에서 무언가를 골똘히 쓰고 있던 노교수가 고개를 들었다.

짙은 돋보기안경을 쓴 그가 의아한 듯 물었다.

"누구시죠?"

"교수님, 안녕하십니까? 전 정유천이라고 합니다. 잠깐 상의할 게 있어서 찾아왔습니다."

내 코가 석 자이기에 남의 사정을 봐줄 때가 아니었다.

유천은 다짜고짜 가서 고개를 살짝 숙이고는 복사한 A4 용지를 불쑥 내밀었다.

"이거 한번 봐주시겠습니까?"

살짝 유천을 노려보던 장인규 교수가 마지못해 시선을 A4 용지로 돌렸다.

그러다 이내 노교수의 눈이 커졌다.

"이건?!"

"아시겠습니까?"

"이건 서아시아 쪽에서 고대에 비밀스런 제사 때 쓰던 문자인데."

"혹시 해석할 수 있겠습니까?"

"아직은 해석이 어려워요."

실망했지만 유찬은 물러서지 않았다.

체면을 차리면서 일을 진행할 여유가 없었기에 오히려 더 진득하게 장인규 교수에게 달라붙었다.

"다른 분도 교수님과 같을까요?"

"고고학에 대해서 좀 아십니까?"

"솔직히 모릅니다. 아프가니스탄에 갔다가 우연히 얻어온 겁니다."

"아프가니스탄에?"

장인규 교수가 갸우뚱하며 묻자 유천은 솔직하게 털어놨다.

"외인부대 생활을 좀 했습니다."

"아, 어쩐지. 그런데 이건……."

장인규 교수가 살짝 놀란 표정으로 변했다. 유천은 간절한 마음으로 다시 물었다.

"해석이 안 되는 겁니까?"

"안 되는 건 아니지만 많은 시간과 노력이 필요하죠."

"부탁드리겠습니다."

염치없는 부탁을 한 유천의 얼굴이 살짝 달아올랐다. 교수는 가만히 유천을 바라보더니만 한마디 했다.

"해석하는 건 쉬운 일이 아니에요. 이걸 해석하려면 외국 학자에게 의뢰해야 합니다. 시간과 돈이 필요해요."

"돈이 있으면 가능하겠습니까?"

"음. 사람들을 쓴다면 시간이 걸려도 할 수는 있죠."

"얼마나 들까요?"

"그게……."

교수 입에서 나오는 소리에 유천은 까무러칠 뻔했다.

"아니, 그렇게 많은 돈이 필요합니까?"

"원래 고고학 연구가 돈이 많이 듭니다. 발굴에만 돈이 많이 드는 게 아니에요."

교수는 점잖은 말로 유천을 내보낼 생각인 모양이다. 하지만 유천은 여기서 물러날 수 없었다.

자신의 증상을 해결할 수 있는 유일한 방법을 포기한다는 것은 말도 되지 않았다.

'돈이라…….'

머릿속에서 생각을 굴린 유천이 한마디 했다.

"어쨌든 가능하단 말씀이시죠?"

"허참, 이렇게까지 말하는 건 솔직히 이 문자에 관심이 있어서입니다."

"알겠습니다. 나중에 다시 찾아뵙겠습니다."

"그래요. 제가 할 일이 있어서 그만."

교수는 다시 책상 쪽으로 시선을 돌렸다. 더 이상 유천과 얘기하지 않겠다는 의사 표시다.

"그럼 다음에 뵙겠습니다."

더 이상 있어봐야 아무런 성과가 없기에 유천은 밖으로 나왔다.

당장 해결될 일이 아니기에 유천은 북한산 자락 한적한 곳을 골라 앉곤 홀로 생각에 잠겼다.

몸을 돌아보며 과연 어떤 변화가 있는지 조금이라도 더 알아볼 생각이다.

10분, 20분, 1시간……

시간이 물 흐르듯이 흘렀지만 유천은 꼼짝도 하지 않았다. 그렇게 무려 5시간이 지난 후에야 유천은 눈을 번쩍 떴다.

"젠장맞을."

헛헛한 웃음마저 나온다.

세상에 공짜는 없었다.

인연은 할 일을 끝없이 요구했다.

아무래도 그 일을 마치고 난 후에야 평화가 찾아올 것만 같았다.

"이거 믿어야 해?"

순간 의심했지만 겪어온 일이 있기에 부정하기도 뭐했다.

그나마 안도하는 건 몸 안의 기운이 금방 터질 것 같지는 않단 점이다.

다만 언젠가 큰일이 벌어질 것 같단 느낌이 더욱 강렬하게 들었다.

정확한 판단이라기보다는 그저 감이다.

서둘러야 했지만 당장 어떻게 할 수단도 없었기에 유천은 답답했다.

"사업이 잘돼야 되는데."

더욱더 돈을 벌어야 될 이유가 생긴 셈이다.

유천은 천천히 일어서 집 쪽으로 발길을 돌렸다.

"오늘은 된장찌개나 먹을까?"

낙천적인 유천의 성격이 다시 한 번 드러난 순간이다.

일은 연달아 터졌다.

집에 온 후 어머니의 걱정스러운 눈빛을 본 유천이 조심스
럽게 물었다.

"무슨 걱정거리 있으세요?"

"아니다."

"에이, 있는데요. 말씀해 보세요."

유천이 다시 한 번 채근하자 어머니가 마지못해 입을 열었
다.

"네 사촌 영수 알지?"

"네, 왜 모르겠어요. 동생인데."

"그 녀석이 좀 어려운 모양이야."

"그래요?"

유천이 입을 열자 어머니가 자세한 얘기를 늘어놨다.

"그래서 말이야."

가만히 듣던 유천이 한마디 했다.

"제가 한번 가서 얼굴 좀 보고 올게요."

"그래라. 네가 형이잖니."

어머니는 만족스러운 듯 미소를 지었다.

외삼촌 일가를 걱정하는 마음이야 왜 모르겠는가. 같은 피붙이라는 생각이 들자 유천은 좀 더 신경 쓰지 못한 자신을 자책했다.

박영수.

어려운 와중에도 어머니 병실을 찾아 봉투를 건넨 동생이다.

다음 날 오전이 되자마자 유천은 곧바로 박영수에게 전화했다.

─여보세요?

"나 유천 형이야."

─어? 형님, 어쩐 일이세요?

대뜸 반색부터 하는 박영수에게 유천이 말했다.

"잔소리 말고 문자로 주소 찍어."

─오시려고요? 제가 맛있는 커피 한 잔 대접해 드릴게요.

명랑한 목소리다.

분명히 어머니에게 듣기로는 어렵다고 했는데 막상 통화를 해보니 전혀 아니다.

유천은 고개를 갸우뚱했다.

잠시 기다리자 문자에 주소가 와 유천은 차에 시동을 걸고 출발했다.

"멀긴 멀다."

한 시간이 넘게 걸려 도착한 곳에 조그마한 커피 전문점이 보인다.

유명 체인점도 아니고 그저 개인적으로 하는 커피전문점이라는 게 한눈에 알 수 있을 정도이다.

15평이나 될까? 그 이상은 절대 아니었다.

유천은 천천히 문을 열었다.

"어서… 형님!"

커피를 볶다가 유천을 본 박영수가 활짝 미소를 지었다.

"오랜만이다. 그때 칠순잔치 이후로 처음인가?"

"어서 오세요. 제가 안 그래도 커피 준비하고 있었습니다. 맛있게 내려드릴게요."

"그럴까?"

유천이 자리에 앉자 박영수가 정성껏 커피 한 잔을 뽑아 앞자리에 갔다 놨다.

"갑자기 어쩐 일이세요?"

"그냥 보고 싶어서 왔지."

"그러세요? 제가 밖에 나가서 대접은 못해드리고요. 혼자

하는 거라서요. 아르바이트생도 아직 안 나왔네요."

유천은 가만히 보다 한마디 했다.

"아르바이트생 있냐?"

"그럼요."

"타임을 줄였나 보지?"

유천이 슬쩍 넘겨짚자 박영수이 움찔한 표정이다.

"아니, 그게……."

"어렵냐?"

"괜찮습니다. 할 만해요."

"너 형한테도 거짓말할래?"

"……."

또다시 입을 꾹 다무는 박영수의 모습에 유천이 재촉했다.

"이야기해 봐."

"아니, 제 가게인데 열심히 나와 봐야죠."

"그러니까 나오는 건 좋은데 말해보라니까."

유천이 몇 번 어르고 달래서야 겨우 이야기를 들을 수 있었다.

"실은 창업할 때 신용등급이 낮아서 싸나머니에서 대출 받은 게 좀 힘드네요."

"대출?"

"네, 운영자금도 필요하고 가게 오픈할 때도 돈이 없어가지고요."

"얼마나 대출 받았냐?"

유천이 묻자 기왕 나온 말이라 박영수의 입이 술술 열렸다.

"1억 5천이요."

"이율은?"

"30퍼센트요."

머릿속으로 계산해 보던 유천은 깜짝 놀랐다.

"야, 그럼 한 달에 거의 400만 원 돈을 이자로 줘야 한다는
거야?"

"그렇죠, 뭐."

"이 가게에서 그런 수입이 나오냐?"

"뭐 비슷하게 나오긴 해요."

유천은 그 순간 박영수를 가만히 바라봤다. 이렇게 어려운
데도 어머니한테 가끔 들러 5만 원씩 줬다는 것이 기억난 탓
이다.

사람이 여유가 없으면 남에게 베풀 기분도 나지 않는다.

그런데 박영수는 그것을 실행했다. 유천의 머릿속에 이주
봉과 클로즈업되어 지나갔다.

'남도 도와주는데.'

유천은 결정을 내리자마자 신속하게 말했다.

"영수야, 나랑 거래하자."

"네? 무슨 거래요?"

깜짝 놀란 박영수에게 유천이 말했다.

"1억 5천, 내가 대신 갚아줄 테니까 나한테 이자를 줘."

"형님이요? 돈 있으세요?"

박영수가 기겁했으나 유천은 할말만 꺼냈다.

"없는데 말하겠어? 왜 싫어?"

"뭐 형님한테 주는 게 차라리 낫죠."

"이율은 계산하기 골치 아프고 한 달에 100만 원씩만 보내."

놀라운 제안에 박영수의 눈이 흔들렸다.

"형, 형님."

"그래도 은행 이자보다는 비싼 거 아니야?"

"그거야 그렇지만."

"그렇게 하자. 그리고 마지막으로 한마디만 할게."

"무슨 말씀이요?"

"열심히 살아."

그 말에 박영수가 울컥한 모양이다. 바로 유천의 손을 꼭 잡으며 말했다.

"형님, 저 꼭 성공할게요."

"그래, 이렇게 부지런히 한다면 뭘 못하겠냐? 그리고 힘든 일이 있으면 찾아와라."

"그런 일 없을 겁니다."

"자식, 인생은 모르는 거다. 나 갈게."

유천은 더 있어봐야 어색한 자리이기에 밖으로 얼른 나갔다. 그래도 끝까지 따라 나온 박영수가 유천의 어깨를 잡았다.

"형님, 정말 열심히 할게요."

끄덕끄덕.

유천은 고개를 끄덕이고는 곧바로 차로 향했다.

차를 타고 집에 돌아온 유천은 어머니에게 갔다.

"만나보고 왔어요. 그럭저럭 지낼 만하다던데요?"

"그래? 그런데 왜 그렇게 걱정을 하는지 몰라."

어머니가 아리송한 표정을 지었다. 유천은 모르는 척하고 방으로 들어갔다.

그러나 유천이 방으로 들어온 지 채 30분도 지나지 않아 어머니가 방문을 열었다.

"얘기 좀 하자."

"무슨 얘기요?"

"왜 엄마한테 얘기를 제대로 안 했어? 다 들었다."

"벌써 거기까지 얘기가 들어갔어요?"

"여자들의 수다가 그렇잖아."

"하하!"

어머니의 말에 유천은 싱긋 웃고 말았다.

"그런데 이자를 100만 원 받기로 했어?"

"그냥 하면 나태해질 것 같아서요. 그래서 어머니 이름으로 하기로 했어요. 그건 어머니가 알아서 하세요."

"내가 마음대로 해도 되니?"

어머니가 조심스럽게 묻자 유천이 고개를 끄덕였다.

"그럼요."

"그럼 그 100만 원을 영수 이름으로 적금 들면 안 될까?"

순간 뭉클해지는 기분에 유천이 어머니의 손을 잡았다.

"저 어머니 아들인 게 참 좋네요."

"나도 네가 내 아들인 게 좋다."

모자는 오랜만에 서로를 끌어안고 행복한 시간을 만끽했다.

그날 저녁, 현관에서 마당을 보는 척하는 유천의 시선은 다른 쪽으로 가 있었다.

곁눈으로 산속을 바라보고 있는 유천의 눈에 살기가 가득했다.

'이 자식들이 말을 안 들어?

유천은 더 이상 그들을 그냥 두고 볼 생각이 사라졌다. 그들이란 다름 아닌 자신을 찾아왔던 이스마리 등 두 사람이다.

그들은 유천의 경고를 무시한 채 유천의 집 주위에서 맴돌고 있었다.

유천은 더 이상 방치한다면 자신의 모든 것이 드러날 수도 있다는 생각에 깔끔하게 행동하기로 마음먹었다.

저녁이 깊어지자 유천은 소리 없이 집을 나서서 산속으로 움직여 갔다.

어디 있는지 잘 알고 있기에 그들을 찾는 것은 어렵지 않았다.

그들은 산속의 조그마한 공간에서 유천의 집을 노려보고 있었다.

"궁상도 저런 궁상이 없네."

유천은 싸늘하게 웃으며 천천히 소리 내어 걸었다.

"헉!"

놀란 소리와 함께 두 사람이 자리에서 일어나는 모습이 보인다.

유천은 이스마리에게 말했다.

"사람 말이 말 같지 않지?"

"그게……."

"내가 분명히 경고했어. 한국에서 떠나라고."

"다른 일이 있어서……."

"다른 일이라는 게 나 감시하는 건가?"

"……."

더 이상 말하지 못하는 이스마리를 향해 유천이 손을 서서히 들었다.

"벌을 받아야지."

"무, 무슨 얘기야?"

"숨 그만 쉬어야겠지?"

유천은 얼핏 보면 느리나 빠른 동작으로 움직여 갔다.

후욱!

쏟아져 들어가는 기운이 그들에게 닥쳐들었다.

"아니, 이건……!"

놀란 그들이 화급히 바람의 기운으로 막아갔다.

퍼벅!

그러나 소용없는 일이었다. 두 사람은 가슴에 정통으로 유천의 기운을 얻어맞고 비틀거리다 땅에 쓰러졌다.

쿵!

"어, 어떻게……?"

"뭐가 궁금해?"

"얼마 전에… 본 실력이 아, 아닌데……."

"너 바보냐? 내가 내 모든 것을 드러낼 것 같아?"

"이럴 수가!"

이를 가는 이스마리를 보고 유천이 가까이 다가섰다.

"네놈들 하는 꼬락서니 보니까 가면 뺏을 거 다 뺏고 죽일 것 같은데."

"으윽!"

비틀거리며 말을 못하는 이스마리지만 눈빛으로 모든 것을 읽을 수 있었다.

강한 분노, 그리고 증오감이다.

7장

구상대로

유천은 그 눈빛만 봐도 그들이 어떤 생각을 하고 있는지 분명히 알 수 있었다.

더 이상 물어볼 필요도 없었다.

'내 일은 스스로 결정해.'

저들에게 휘둘릴 정도로 나약한 정신력을 가진 유천이 아니다.

유천이 지켜보는 사이 이스마리가 말했다.

"이러고도… 무사할 것 같으냐?"

"당연히."

"우리 형제들이… 널 가만두지 않을 거다."

"글쎄. 내가 너희 형제를 가만두지 않을 것 같은데?"

"컥!"

울화가 치민 듯 짤막한 비명과 함께 이스마리가 고개를 떨궜다. 옆에 있던 사람은 이미 숨을 거둔 지 오래였다.

유천은 팔짱을 끼고 곰곰이 생각했다.

"너무 많이 죽이나?"

하지만 자신을 위협하는 세력을 살려둘 생각이 없다.

유천은 곧바로 사전에 준비해 온 삽으로 으슥한 곳에 땅을 파고 두 사람을 묻은 다음 깨끗하게 덮었다.

겉으로 보기에는 전혀 흔적이 전혀 남지 않았다.

군대에서 비트 팠던 실력이 어김없이 발휘되고 있었다. 누가 와도 여기에 뭐가 있었다는 흔적을 찾아내긴 힘들 것이다.

"깔끔해."

유천은 천천히 집으로 발걸음을 옮겼다. 뒤통수가 근질근질한 꼴은 더 이상 두고 볼 생각이 없었다.

유천은 곧바로 다음 날 아침 공중전화를 통해 이스마리의 배후 인물에게 전화했다.

"정유천이오."

—무슨 일이지?

"왜 귀국 안 시켰지?"

—…….

상대가 침묵하는 사이에 유천이 말했다.

"내가 알아서 조치했어."

—조치라니?

상대의 목소리가 떨리자 유천은 덤덤하게 말했다.

"알아서 판단하고 또다시 이런 일이 벌어진다면 그쪽으로 안 가."

—알았다.

상대가 씹어뱉듯이 말했지만 유천은 신경도 쓰지 않았다.

전화를 끊고 유천은 한결 밝은 표정으로 거리를 걸었다.

얼마 후 유천은 부동산을 통해 구한 사무실을 보고 만족한 표정을 지었다.

어느덧 새 사무실 집기가 들어와 깔끔한 모습이다.

유학원 근처 16층 전체를 빌리느라 큰돈을 썼지만 마음에 들어 충분히 만족했다.

유천은 휴대폰을 들고 이주봉에게 전화를 걸었다.

"여기로 와라. 여기가……."

—금방 가겠습니다.

이주봉은 절대 토를 달지 않았다.

그 점이 마음에 든 유천은 싱긋 미소를 지었다.

불과 20여 분도 지나지 않아 이주봉이 사무실에 모습을 드러냈다.

"부르셨습니까?"

"여기 어떠냐?"

유천이 손으로 가리키자 이주봉이 토끼눈이 되었다.

"아니, 이렇게 큽니까?"

"이 정도는 되어야 될 거 아니야."

"직원을 고작 여섯 명 뽑는데요?"

"충분하지. 앞으로 더 많은 사람을 뽑을 테니까."

유천 말에 이주봉이 살며시 조언했다.

"그래도 천천히 가는 게 좋지 않습니까?"

"물론 그 방법도 있지만 난 이게 좋아."

"……"

유천의 한마디에 이주봉은 더 이상 말하지 않았다.

"직원들 선별은 잘 되고 있어?"

"그럼요. 내친김에 회사 인터넷 홈페이지 하나 만들죠."

"아니, 그런 건 원하지 않아."

"더 많은 좋은 인재들이 올 텐데요."

"박쥐들은 필요 없어."

유천의 확고한 결심이다.

겉모양을 보고 오는 직원이라면 사양한다. 차라리 아무것
도 모르는 백지 상태로 오는 게 나았다.

이주봉도 유천의 마음을 짐작했는지 더 이상 말하지 않았
다.

그때 유천은 제일 먼저 처리해야 될 한 가지 일이 떠올랐
다.

"똑똑한 놈들을 뽑았으면."

그에 맞는 사장의 능력을 보여줘야 했다.

다른 능력보다도 일단 어학 능력이 제일 우선이다. 유천은
한국에서만 사업할 생각이 없었다.

그렇다면 어학 능력은 필수였다.

"최소한 지금보다는 나아야지."

그 생각이 들자 유천은 빙긋 미소를 지었다.

전이라면 어림없는 소리지만 지금은 자신 있었다.

"몇 점을 따지?"

유천의 입에 즐거운 미소가 감돌았다. 언제고 시간을 빼서
공부할 생각이었다.

그런데 며칠이 지나자 이주봉이 쭈뼛거리며 유천을 찾아
왔다.

"면접 볼 사람들을 다 정했습니다."

"잘했어."

"그런데 왜 저한테 면접을 맡기십니까. 제가 뭘 안다고."

"너랑 마음이 맞는 사람들이 움직여야지."

간단한 유천의 결론에 이주봉은 잠시 할 말을 잃었다.

"서류전형으로 세 배수를 선발했습니다. 면접은 내일 오전에 보기로 했습니다."

"그런데 목소리가 좀 그렇다?"

유천이 재빠르게 눈치채자 이주봉이 머리를 긁었다.

"최선을 다했습니다."

"이리 가져와 봐."

면접 합격자들이 낸 입사 서류를 들이민다.

유천은 가만히 서류를 읽어보다 피식 웃음을 흘렸다.

"주봉아."

"잘못됐나요?"

"아니야. 근데 면접 기준이 뭐였나?"

"제 나름대로 기준을 정했습니다."

이주봉의 대답에 유천이 말했다.

"희한한 게 하나 있는데, 모두 별로 가정환경이 좋아 보이지 않는다?"

"……."

이주봉이 침묵하자 유천이 웃었다.

"뭐, 상관없다. 일단 보자."

"아무래도 어려운 인간들이 열심히 일하지 않겠습니까?"

"반대일 수도 있어."

"반대라니요?"

이주봉이 묻자 유천이 냉정하게 답했다.

"살아가는 것이 어려우면 회사 일보다 집안일에 신경 쓸 수도 있지."

"그럴 수도 있지만."

"거기다가 돈을 보면 욕심낼 수도 있어."

"아!"

그제야 이주봉이 고개를 들며 아차 하는 표정을 지었다. 유천은 아무렇지 않은 척 이주봉을 위로했다.

"면접에서 걸러내면 되지. 걱정하지 마. 내일 오전이라고?"

"네, 내일 오전입니다."

"수고했어. 가봐."

유천은 단 한마디도 이주봉에게 타박을 늘어놓지 않았다. 어차피 뽑은 사람이라면 어쩔 수 없었다.

전권을 맡긴 이상 그에 대한 책임은 자신이 져야만 했다.

"나쁘지 않아."

유천은 스스로를 위로했다.

다음 날 오전, 드디어 면접 시간이 되었다.

면접장으로 하나씩 들어오는 응시생을 바라보던 유천이 질문을 던졌다.

"우리 회사에 대해 알고 오셨습니까?"

"아니요."

"인터넷 상에도 없을 텐데요."

"그래서 많이 망설였습니다만… 결국 왔습니다."

면접 응시생의 답에 유천이 물었다.

"사장이 어려서 희한하죠?"

"아닙니다. 진취적으로 보입니다."

"아부 섞인 말은 빼고, 그래도 온 이유가 뭡니까?"

"한 군데라도 더 봐야죠."

유천이 고개를 끄덕였다. 그리고 몇 번 질문을 던지고 유천이 말했다.

"수고하셨습니다."

꾸벅.

인사를 하고 면접 응시생이 나가자 이주봉이 물었다.

"무슨 기준입니까?"

"내 눈."

"오로지 눈으로 판단하신다는 겁니까?"

"그럼 뭐로 판단할까?"

유천의 말에 이주봉은 할 말을 잃었다.

그렇게 면접이 다 끝난 시간은 오후 한 시가 넘어서였다.

유천은 여섯 명의 서류를 이주봉에게 건넸다.

"내일 오전 중에 합격했다고 연락해."

"……."

잠시 말이 없는 이주봉을 바라보고 유천이 말했다.

"왜, 이상해?"

"뭐 그건 아니지만……."

"내가 대표잖아. 내 눈을 믿어야지. 됐다. 수고했어. 밥이나 먹으러 가자."

유천은 이주봉의 어깨를 잡아끌었다.

이주봉은 영 답답한 표정이었지만 더 이상 말하지 않았다.

드디어 첫 출근 날이 밝았다.

유천은 캐주얼하지만 정장풍으로 옷을 맞춰 입고는 사무실로 첫 출근을 했다.

지하주차장에 차를 세워놓고 올라오자 이주봉이 맞이한다.

"너 왜 이렇게 일찍 나왔냐?"

"그러는 대표님은 왜 이렇게 일찍 나오셨습니까?"

"나야 뭐 우리 회사니까 일찍 나왔지."

"저도 마찬가지입니다."

"주봉아, 나는 그런 네 모습이 좋다."

유천의 칭찬에 이주봉이 머쓱한 듯 머리를 긁적였다.

"쑥스럽네요."

"자리에 가서 앉자. 저기가 네 자리야."

유천이 가리키는 곳은 칸막이가 쳐져 있는 조그마한 공간이다. 하지만 직원들과 달리 조금은 안락한 공간이기도 했다.

소파와 테이블까지 갖춰져 있다.

"너무 과분한데요?"

"주봉아, 한마디만 할까?"

"말씀하십시오."

"직원들 앞에서 함부로 행동하지 마."

"무슨 말씀인지 알겠습니다. 제가 그런 건 또 잘합니다."

"정말 잘할 수 있어?"

유천이 묻자 이주봉이 말했다.

"저 그래도 밑에 부하들까지 거느려 본 몸입니다."

"그래, 그 정신으로 하면 돼."

"안 그래도 그렇게 생각했습니다. 새로운 신입사원들 다 제 부하라고 생각하고 깔끔하게 돌보겠습니다."

"아주 좋아. 그럼 기다리는 일만 남았나?"

유천은 자신의 사무실로 가서 길게 몸을 뉘였다.

"경치 좋네."

16층이라 그런지 사방 툭 트여 있어 한결 마음이 시원해지는 기분이다.

8시 30분.

9시 출근이지만 신입사원들이 하나둘씩 들어왔다. 유천은 순서대로 체크하기 시작했다.

유천의 머리가 빠르게 돌아가기 시작했다.

똑똑.

문 두드리는 소리와 함께 신입사원 한 명이 들어와 고개를 숙인다.

"안녕하십니까?"

"그래요."

"저기 앉아 있는 이 차장님에게 안내 받으세요."

"그럼. 뽑아주셔서 감사합니다."

정중하게 고개를 숙이는 얼굴에 기쁨이 가득하다. 유천은 그 순간 보람을 느낄 수 있었다.

"잘 뽑은 것 같지?"

하나둘씩 인사하러 들어오는 신입사원들이다. 이주봉은 순서대로 자리를 안내해 줬다.

신입사원의 표정은 멀리서 봐도 알 수 있었다.

대기업 저리 가라 할 정도의 집기가 놓여 있는 걸 보고 직원들이 조금 안도하는 표정이다. 그때서야 유천이 자리에서 몸을 일으켰다.

유천이 사무실 밖으로 나와 직원들에게 말했다.

"자, 회의실로 모이세요."

인터폰으로 할 수 있었지만 유천은 일부러 육성으로 말했다.

굵직한 목소리에 신입사원들이 제압된 듯 하나둘씩 일어나 회의실로 향했다.

이주봉은 어느새 다가왔는지 날쌔게 유천의 옆에 붙어 섰다.

"대표님, 제가 다 준비했습니다."

끄덕.

유천은 고개를 끄덕이며 회의실 상석에 떡하니 자리했다. 그런데 유천의 마음을 더욱 흐뭇하게 하는 장면이 있다.

신입사원들이 어느덧 준비된 원두커피를 뽑아 하나둘씩 놔두는 모습이다.

마음이 풀어진 유천이 이주봉에게 말했다.

"역시 커피는 원두커피지?"

"전 믹스커피가 좋습니다만."

"앞으로 익숙해지도록 노력해 봐. 그러다 속 버려."

"알겠습니다, 대표님."

깍듯하게 나오는 이주봉을 보고 유천은 고개를 끄덕였다. 철저하게 공과 사를 구분하는 모습이 좋았다.

유천이 살짝 이주봉의 귀에 대고 말했다.

"야, 군대 물 언제 뺄래?"

"이 정도면 빠진 거 아닙니까?"

"아직 먼 것 같다."

"그러게 말입니다."

"말투부터 고쳐라."

유천의 말에 이주봉이 고개를 끄덕였다.

"노력하겠습니다."

말하는 사이 직원들이 모조리 자리 잡았다. 유천은 굵직한 목소리로 첫마디를 꺼냈다.

"만나서 반갑습니다. 그리고 입사를 축하드립니다."

"감사합니다!"

합창 같은 목소리가 울려 퍼진다.

여자 두 명, 남자 네 명, 유천이 뽑은 조촐한 식구이다. 유천은 그들을 바라보며 말했다.

"먼저 말씀드리겠습니다. 우리 회사는 아직 주력 업종을 선정하지 않았습니다."

"음."

신입사원들이 동요하는 모습이다. 그러나 그 동요가 채 끝나기도 전에 유천의 입이 다시 열렸다.

"업종도 없는데 여러분을 뽑은 이유는 간단합니다. 한 사람보다 여러 사람 머리가 낫기 때문이죠."

"무슨 말씀이신지……?"

앞에 있던 여직원이 묻자 유천이 즉각 답했다.

"여러분의 머리를 빌리고 싶습니다. 주력 업종을 택해주십시오. 여러분의 아이디어 중 좋은 아이템을 통해서 회사의 1차 주력 업종을 선택하겠습니다."

"헉!"

놀라운 말에 신입사원 모두 경악에 찬 표정이다. 그러나 유천은 개의차 않고 다음 말을 이었다.

"첫 번째 업종으로 선택된 아이디어를 주신 분께는 순이익의 2%를 드리겠습니다."

"우와!"

모두가 환호성을 내지른다. 유천은 그들에게 다시 한 번 화답했다.

"좋은 아이디어를 제출해 주시기 바랍니다. 이제부터는 여러분의 머리를 모아 움직이십시오, 이 차장님."

"네, 대표님."

"우리는 잠깐 물러납시다."

유천의 말에 더 이상 말하지 않고 밖으로 나가는 이주봉이다. 사무실에 들어서자 이주봉이 따라 들어오며 말했다.

"정말 이대로 가시는 겁니까?"

"그럼 뚜렷한 아이디어 있어?"

"아직은 없습니다만."

"머리를 믿어보자고."

유천의 한마디에 이주봉이 조금은 당황한 목소리로 물었다.

"진짜 신입사원에게 맡길 생각입니까?"

"그렇다고 생각하냐?"

"그게……."

말을 얼버무리는 이주봉에게 유천이 한마디씩 끊어 대답했다.

"나도 생각한 게 있어."

"그렇죠?"

"하지만 신입사원에게 더 좋은 아이디어가 있으면 그쪽으로 갈까 해."

"아니, 저 친구들이 뭘 알겠습니까. 공부하다 사회에 처음 나온 사람들인데요."

"항상 발상의 전환이라는 게 있잖아. 좌우간 3일만 기다려 보자."

유천은 더 이상 이주봉과 말을 섞지 않았다. 결정을 내렸으면 그대로 밀어붙이는 게 맞았다.

3일 후.

출근한 유천의 책상 위에 서류철이 놓여 있다. 천천히 펼쳐 보자 신입사원들이 짜낸 아이디어였다.

미소를 지으며 천천히 읽어보는 순간 이주봉이 다가왔다.

"괜찮습니까?"

"뭐, 그저 그러네."

"별 볼일 없습니까?"

"똑똑한 친구들이라서 아주 기발한 아이디어를 기대했는데, 역시 반복 학습이 안 좋은가 봐."

유천의 한마디에 이주봉이 괜히 미안한 듯 얼굴을 붉혔다.

"죄송합니다."

"네가 죄송할 일은 아니지. 그렇다면."

탁.

유천이 서류철을 덮었다. 그러자 이주봉이 물었다.

"대표님 아이디어는 뭡니까?"

"궁금해?"

"그럼 안 궁금합니까?"

"카센터."

"네?"

뜻밖의 말에 이주봉의 눈이 커졌다.

가만히 바라보던 유천이 천천히 부연 설명에 들어갔다.

"수입차 전문 카 정비 공장을 해야지."

"수입차 전문이요? 그거 도대체 무슨 아이디어입니까?"

"수입차 수리가 순 바가지잖아. 그걸 조금 낮추자는 이야 기지."

"그럴듯하긴 합니다만……."

이주봉이 말을 흐리자 유천이 말을 받았다.

"수리할 인력 때문에 그러는 거지?"

"그렇습니다. 한국에서 수입차 수리하는 사람들이 그렇게 많지 않을 텐데요? 제대로 한다면요."

"없다면 외국에서 데려와야지."

"네?"

또 한 번 이주봉이 놀라는 순간이다.

"시장 조사 다녀올게."

유천이 휑하니 사무실을 나섰다.

제일 먼저 간 곳은 랜드로버를 팔았던 임종수 사무실이었 다.

임종수는 유천을 보자마자 찝찝한 표정이었다.

"차 고장 났어요?"

"자식이. 물어볼게 있어서 왔어."

"뭔데요?"

"수입차 수리에 관해서 말이야."

유천의 말에 임종수가 고개 저었다.

"형님. 수입차는 수리비가 장난 아닙니다."

"왜?"

"일단 수입차라면 시간이 똑같아도 수리비가 기본 3배 내야 해요."

"자세히 말해봐."

"그게……"

임종수의 설명을 유심히 들은 후 유천이 말했다.

"고맙다."

"그냥 가시는 겁니까?"

"그럼 남자끼리 뭐하냐?"

"술이라도."

"다음에."

간단하게 임종수의 말을 씹은 유천은 먼저 한국 내에 있는 실정을 알아보기로 했다.

그 마음이 들자마자 유천은 아무에게도 상의하지 않은 채 랜드로버 차를 슬쩍 고장 냈다.

"이 정도면."

불과 5분이면 정비가 완료되는 사소한 고장이다.

국산차라면 정비하는 데 아무리 바가지 씌워 봐야 2~3만 원 그 이상은 받을 수 없는 사소한 고장이다.

"후후."

유천은 남몰래 웃은 후 차를 몰고 서울 시내로 향했다.

첫 번째 도착한 카센터에서 유천이 정비사에게 말했다.

"이 차가 갑자기 조금 이상한 것 같아서요. 한번 점검 좀 해주시겠어요?"

"네, 손님."

정비사는 랜드로버를 보고 눈빛을 반짝였다. 그리고는 차를 이리저리 살피더니만 곤란한 표정으로 유천에게 다가왔다.

"아이고, 엔진하고 미션 쪽이 상당히 안 좋습니다. 미션을 갈아야 될 것 같고, 엔진은 아무래도 분해해서 수리해야 될 것 같습니다."

어이없는 말이었지만 유천은 모르는 척 시치미를 떼고 물었다.

"그러면 수리비가 얼마나 나올까요?"

"한 천이백 만 원 정도 나오는데 현찰로 하신다면 천만 원까지 해드리겠습니다."

"아, 그래요? 생각해 보고 다시 오죠."

"빨리 오셔야 됩니다. 이 상태로 운행하면 위험해요."

정비사는 위협적으로 말했다. 유천은 눈웃음으로 인사하고는 차에 올랐다.

"지랄을 해요."

정비사의 거짓말에 어이가 없어 웃음밖에 나오지 않았다.

몇 만 원이면 충분한 수리가 졸지에 천만 원으로 올라갔다.

"다른 데는?"

유천은 그 후 하루 종일 서울 시내 수입차 정비 센터를 돌아다녔다. 그러나 결론은 딱 하나였다.

"야, 어떻게 최하가 500만 원이냐?"

유천은 이 기막힌 현실에 헛웃음이 나왔다. 일반인들이 차를 모른단 이유 하나로 골 빼먹는 현실이었다.

유천이 미소를 지으며 즉시 결정을 내렸다.

"문제가 많네."

수입차 정비업자.

물론 다는 아니겠지만 상당수가 보자보자 하니 아주 바가지에 습관화가 되어 있는 사람들이었다. 국산차 수리와 차원이 다른 그들의 행태에 어이가 없었다.

유천은 생각을 정리하고는 그다음 과정을 고민했다.

"그렇다면 해외인데, 어떤 방법이 있을까."

아무리 고민해 봐야 아는 인맥이 없어 접근할 방법이 없었다.

곰곰이 생각해 보던 유천은 아주 간단하게 결론을 내렸다.

"소르셀르리가 있지."

결정을 내린 유천은 망설이지 않고 소르셀르리에게 전화를 했다.

"나야."

─웬일이에요? 요즘 연락도 없더니.

"알다시피 내가 사업 준비 하느라 바쁘잖아."

─이해는 하지만 좀 섭섭해요.

소르셀르리의 볼멘소리에 유천은 싱긋 웃었다.

"그래서 보려고 그러잖아."

─그런데 뭔가 이유가 있는 것 같은데요?

"물론 이유도 있지만 보고 싶은 마음도 커."

─그래요? 그럼 대사관 앞으로 오세요. 그 정도 매너는 있겠죠?

"그걸 말이라고 해? 매너 하면 또 정 매너 아니야."

유천이 싱긋 웃으며 전화를 끊었다.

8장

역이용

　대사관 앞에 차를 세우고 기다리자 불과 5분도 지나지 않아 소르셀르리의 모습이 보인다.

　얼굴을 보는 순간 유천은 또 한 번 욕망이 불끈 치솟음을 느꼈다.

　그러나 다음 순간 유천은 자신에게 쓸쓸한 미소를 보냈다.

　'도대체 뭘까?'

　소르셀르리에 대한 마음의 실체를 정확히 알 수 없었다. 그 생각이 떠오르자마자 유천은 남자란 존재에 고민이 들었다.

　철컥.

문이 열리며 소르셀르리가 환한 얼굴로 조수석에 앉았다.

"오랜만이죠?"

"그래, 오랜만이야. 오늘은 근사한 식사나 할까?"

"좋죠."

소르셀르리의 화사한 목소리에 유천이 교외로 차를 몰아갔다.

교외에 있는 그럴듯한 식당에서 프랑스 정찬을 먹은 후 유천이 소르셀르리에게 말했다.

"일어설까?"

"오늘 웬일로 이렇게 정찬까지 먹고 그래요?"

"그 정도 돈은 있어."

"돈 있는 건 알죠. 시간이 없잖아요."

소르셀르리의 뾰루퉁한 말에 유천이 웃음으로 받았다.

"원래 사업하는 사람 되게 바쁜 거 알지?"

"알아요. 그런데 도대체 무슨 사업을 하려고요?"

"오늘 그 얘기를 해주려고."

"정말요?"

소르셀르리가 다가서자 유천이 고개를 갸웃거렸다.

"내가 무슨 사업하는지 그렇게 관심이 많아?"

"그럼요. 우리 애인 일인데."

"애인. 음. 중요하긴 하겠다. 조용한 데 가서 이야기하자."

유천은 곧바로 레스토랑을 나섰다.

얼마 지나지 않아 두 사람이 도착한 곳은 커다란 스위트룸
이다.

방 안에 들어서자마자 두 사람은 서로 묘한 눈빛을 교환했
다.

소르셀르리가 다가와 먼저 열렬하게 키스를 퍼부었다.

온몸이 달아오르는 느낌이 들며 유천은 솟구치는 욕망을
참기 힘들었지만 지금은 조금 차분한 기분을 찾으려 애를 썼
다.

그렇게 키스가 끝나자마자 유천이 소르셀르리를 안아 들
고 베란다로 향했다.

"여기는 왜요?"

소르셀르리가 의아한 표정으로 묻자 유천이 말했다.

"오늘 말이야, 한 가지 궁금한 게 있어서."

"뭐요?"

"도대체 우리 사이는 뭘까?"

"애인이잖아요."

소르셀르리의 말에 유천이 다시 물었다.

"우리 결혼할 수 있을까?"

"음. 할 수는 있겠지만 저는 생각이 없다고 말했잖아요."

"나도 그런데. 그럼 우리 사이는 뭘까? 오로지 섹스 파트너?"

"……."

순간 소르셀르리의 입이 다물어졌다.

유천은 고개를 갸우뚱하며 다음 말을 이었다.

"그런데 그것만은 아닌 것 같아. 얘기도 잘 통하잖아. 대화가 잘 통한다는 건, 음, 다른 의미도 있겠지?"

"그게 뭔데요?"

"내가 차를 타고 오면서 생각해 봤는데, 우리는 이런 사이 같아."

"어떤 사이요?"

소르셀르리가 얼굴을 바짝 들이밀자 유천이 조용하게 말했다.

"음. 하루하루를 불꽃처럼 살아가는 사이?"

"그 말 참 멋있다."

소르셀르리는 정말 즐거워하는 표정이다.

유천은 한국 여자와 전혀 다른 사고방식을 가진 소르셀르리가 조금은 낯설기도 했지만 한편으로는 편했다.

'서로 만날 때 불꽃 같은 사이라면 그것도 좋으리라.'

그 생각을 품는 사이 소르셀르리가 말했다.

"나도 유천 씨 생각에 동의해요. 저도 할 일이 많거든요."

"많겠지. 우수한 현장요원이 되고 싶잖아."

"그럼요. 그걸 결혼 때문에 망치고 싶지 않아요."

"그래, 그 생각은 인정할게."

유천은 그 말 한마디로 소르셀르리에 대한 모든 마음을 접었다.

소르셀르리는 인생의 목적이 분명했다.

결혼이 아니라 성취감.

그것이 우선인 여자였다. 그 마음이 들자 소르셀르리에 대한 죄책감이 깡그리 사라졌다.

그건 바로 욕망의 분출을 의미했다.

유천은 곧바로 소르셀르리를 다시 번쩍 안아 들었다.

"가자고. 우리의 천국으로."

"그래요."

소르셀르리가 이제는 익숙해진 표정으로 방긋 웃으며 활짝 안겨들었다.

마음이 편해지자 섹스는 그야말로 불같이 타오르기 시작했다.

밑에 있던 소르셀르리가 놀란 눈으로 유천에게 말했다.

"오늘 이상해요."

"뭐가?"

"전과 다르게 완전한 열정이 느껴져요."

"여자가 못하는 말이 없어."

유천이 살짝 핀잔을 줬지만 소르셀르리는 개의치 않았다.

"뭘요. 좋은 걸 좋다고 표현하는 게 나쁜가요?"

"나쁜 건 아니지. 음. 그걸 보고 한국 사람들이 뭐라고 그러는지 알아?"

"뭐라 그래요?"

"화끈하다고."

그 말과 동시에 유천은 다시 폭풍우처럼 휘몰아치기 시작했다.

유천은 선장이 되어 소르셀르리라는 배를 타고 그야말로 거칠고 능수능란하게 항해하기 시작했다.

배는 선장의 지휘에 따라 갖가지 리드미컬한 리듬을 타며 더욱더 즐거움을 전달해 주었다.

그렇게 열풍이 몰아친 후 두 사람은 침대에 널브러졌다.

소르셀르리는 기진맥진해 거의 혼수상태 직전이었다.

유천은 그런 소르셀르리를 바라보며 조용히 일어났다.

냉장고에서 시원한 주스 한 잔을 가져와 소르셀르리에게 건넸다.

"일단 마셔. 속이 시원해질 거야."

"고마워요. 이래서 내가 유천 씨를 좋아하나 봐요."

"어떤 점?"

"프랑스 남자들을 발아래 깔아두는 저 매너."

"내가 또……."

"알아요. 매너 하면 정 매너라는 거."

소르셀르리가 빙글빙글 웃었다.

오렌지 주스 한 잔을 들이켠 후 조금 정신을 차린 소르셀르리가 창밖을 바라보자 유천의 입이 열렸다.

"아, 그리고 부탁이 하나 있어."

"그럴 줄 알았어요. 뭐죠?"

시크하게 나오는 소르셀르리가 이럴 때는 무척이나 매력적이다.

유천은 그런 소르셀르리에게 조용히 말했다.

"내가 수입차 전문 수리 카센터를 만들까 해."

"카센터요?"

"그냥 조금 큰 정비 공장이라고 생각하면 돼."

"그런데요?"

소르셀르리가 묻자 유천은 솔직하게 얘기했다.

"그런데 유능한 정비사들이 없어. 아무래도 외국에서 데려와야 될 것 같아."

"데려오면 되죠. 아! 인맥이 없죠?"

소르셀르리도 머리가 나쁜 여자는 아니었다. 유천은 싱긋 웃으며 말했다.

"그래서 도움을 좀 받을까 하고."

"저도 잘 모르지만, 아, 혹시 프랑스 정부를 이용하려고 그러나요?"

"응. 이용할 수 있으면 해야지."

"음. 내일 연락 줄게요. 그런데 한 가지 각오는 해야 될 걸요?"

소르셀르리의 의미심장한 말에 유천이 짐작한 바를 털어놓았다.

"왜 그쪽에서 부탁 하나 할 거라는 거?"

"그건 감안해야 될 걸요?"

"괜찮아. 이미 알고 있어."

"그런데도 하려고요?"

소르셀르리가 놀란 표정을 짓자 유천이 말했다.

"자동차 정비사들이 오면 나에게 도움을 줄 거 아니야."

"도움을 주겠죠."

"그러면 그것만 이용하고 내가 싫은 건 안 하면 되지."

"참 생각 담백해서 좋네요. 그게 가능할까요?"

소르셀르리가 묻자 유천이 간단하게 답했다.

"그럼. 나는 가능하지."

"알았어요. 내일까지 연락을 줄게요. 그런데 이렇게 그냥 갈 건가요?"

"아니. 아직 시간 많잖아."

유천이 음흉한 표정을 짓자 소르셀르리가 싫지 않은 듯 살짝 눈을 흘겼다.

"또요?"

"바라는 거 아니야?"

유천이 그 말과 동시에 소르셀르리의 입을 덮쳐갔다.

그렇게 또 한 번 뜨거운 파도는 침대 위를 휘몰아치고 또 휘몰아쳤다.

격정의 와중에서도 유천은 냉정한 자신을 돌아봤다.

솔직히 소르셀르리의 속마음을 눈치챈 유천은 편한 미소를 지을 수 있었다.

보내주는 정비사 중 한 명 정도는 프랑스 정부 사람일 게 분명했다.

그런데도 소르셀르리는 거기에 대해선 일언반구도 안 했다.

소르셀르리가 자신의 이익을 위해서 움직인다면 그건 자신에게 편한 일이었다.

어느 정도 선을 두고 만나는 사이, 조금은 씁쓸했지만 어쩌면 최선일지도 몰랐다.

유천의 마음속에서는 소르셀르리에 대한 마음이 조금씩 정리되고 있었다.

다음 날 오전부터 유천은 휴대폰을 잡고 늘어졌다.

물경 수십 통화를 마친 후에야 이주봉을 불렀다.

"건물 보러 가자."

"정비공장이요?"

"그럼 무슨 공장을 보리. 가자."

유천이 서둘러 차에 올랐다.

도착한 곳은 서울 강남 근처인 수서지구였다.

"이야!"

이주봉이 탄성부터 터뜨렸다.

상당히 큰 건물이 보인 탓이다.

"쓸 만해 보이냐?"

"죽이는데요."

"전 주인이 망해서 시세보다 싸게 나왔어. 이걸로 하자."

"자세히 알아보셨습니까?"

"응."

간단한 유천의 대답처럼 계약은 속전속결로 이뤄졌다. 유천이 건물을 바라보며 흐뭇하게 웃었다.

"이거 우리 거다."

"보면서도 안 믿기네요."

"이건 출발이야."

신명이 잔뜩 난 유천이 이리저리 둘러봤다. 그때 유천 앞에 한 여자가 불쑥 나타났다.

세련된 옷차림, 그리고 머리 손질 하나만 봐도 상류층 여자임이 분명했다.

"오랜만이네요."

"누구신지?"

　유천이 첫눈에 알아보지 못하고 고개를 갸웃거리자 여자가 눈썹을 살짝 치켜 올렸다.

"저 기억 안 나세요?"

"글쎄요."

"파리에서. 기억 안 나세요?"

　여자의 말에 유심히 살펴보던 유천이 탄성을 울렸다.

"아, 그때 그……!"

"맞아요. 이제 기억나시나요?"

"몰라보게 달라졌는데요?"

"그건 저도 알아요. 그때는 반말했는데 지금은 말을 올리시네요? 기억할지 모르지만 전 이주희라고 해요."

　이주희의 가시 돋친 말에도 유천은 끄떡하지 않았다.

"음. 나라가 바뀌니까 사람도 바뀌네요?"

"그때 저한테 결례한 거 알죠?"

　이주희가 날카롭게 말했지만 유천은 신경 쓰지 않았다.

"그 상황에서 좋게 나갈 사람은 없을 것 같은데요?"

"지금은 어떤가요?"

"글쎄, 모르면 몰라도 알면……."

유천의 입이 거칠어질까 봐 이주희가 얼른 말을 돌렸다.

"그 말 하러 온 건 아니에요."

"그럼 무슨 일로 오신 거죠?"

"우연히 알게 됐는데, 사업을 준비하시더라고요."

이주희의 말에 유천 눈썹이 올라갔다.

"뒷조사한 겁니까?"

"조금요."

너무도 당당한 이주희의 대답에 유천은 차라리 웃음이 나왔다.

"뭐 사업이랄 게 있습니까? 조그마한 구멍가게 하나 차리려는 거죠."

유천이 겸손을 떨자 이주희가 의외로 고개를 끄덕였다.

"하긴 좀 규모가 작긴 하네요."

그 말에 유천이 눈썹을 찌푸렸다.

자신의 모든 것을 투자한 사업이다. 그런데 이주희가 폄하하자 기분이 좋지 않았다.

이주희는 유천의 기분과 상관없이 다음 말을 꺼냈다.

"제가 도움을 받으면 갚는 게 확실한 사람이거든요."

"그래서요?"

약간은 냉정해진 유천의 말에도 이주희는 꼬박꼬박 할 말을 했다.

"이런 거 하려면 사업 인허나 여러 가지 문제가 걸릴 거예요. 저랑 합작하시는 게 어떨까요?"

"합작이라……. 투자를 하겠다는 이야긴가요?"

"뭐 별로 투자할 건 없지만, 은혜도 갚을 겸 투자할 생각은 있어요."

"거절합니다."

유천이 단호하게 말하자 이주희가 눈을 크게 떴다.

"거절이라고요? 사회생활 별로 안 해보셨군요?

"솔직히 말씀드리면 별로 해보지 않았습니다. 그런데 왜 저에게 투자하려는 거죠?"

"뭐 전망이 나쁘지 않을 것 같아서요."

"저도 전망이 좋아서 하는 겁니다. 별 인연없는 사람에게 투자 받고 싶은 마음도 없고요. 돌아가시죠."

유천의 말에 이주희의 눈빛이 묘하게 변했다.

그때도 그랬지만 점점 볼수록 매력이 넘치는 남자였다.

외모, 그리고 말투, 남자다운 패기에 슬쩍 마음이 흔들리는 것을 느꼈다.

"제 제안을 거절하면 후회하실 텐데요?"

"후회하다니 무슨 얘기죠?"

"제가 투자 못하면 방해할 수도 있다는 얘기예요."

"하하! 방해라……. 제 인생에 모토가 하나 있습니다."

"뭐죠?"

"건드리면 부순다."

차가운 말투에 이주희가 움찔했다.

"지금 협박하시는 건가요?"

"협박을 누가 먼저 했습니까?"

"……."

유천의 반문에 이주희가 말문을 잃었다. 순간 유천 눈썹이
꿈틀거렸다.

"이주희씨."

"말씀하세요."

"잘 태어나니 눈에 보이는 게 없습니까?"

"네?"

이주희가 놀라 묻자 유천이 청산유수처럼 쏟아냈다.

"세상이 당신 뜻대로 돌아간다고 생각합니까?"

"……."

"착각은 자유입니다만 당신 운 좋습니다."

"무슨 운요?"

"남자라면 벌써 땅바닥을 엉금엉금 기어 다닐 겁니다."

유천 말에 이주희가 소름이 끼쳤다.

'이 사람 진짜야.'

그녀가 봐도 유천은 말과 행동이 다를 위인이 아니었다. 그 생각이 들자마자 온몸이 쪼그라드는 기분이었다.

그러나 이주희는 이내 얼굴을 바짝 세웠다.

"무식하군요."

"어떤 사람에겐요."

유천의 대꾸에 이주희는 자꾸만 어긋나는 현실이 당황스러웠다. 처음 올 땐 이런 마음이 절대 아니었다.

감사를 말하고 좋은 관계를 만들려는 의도였다.

그런데 이야기를 하면 할수록 꼬였다.

'뭐 저런 인간이.'

솔직히 반발감도 커졌다.

"홍. 외인부대 출신이라더니 거칠군요."

"진짜 거친 걸 보여드릴까요?"

유천이 하얀 이를 드러내자 이주희가 가슴이 철렁했다. 더 이상 자극하긴 겁이 났다.

"두고 봐요. 내가 누군지 확실히 보여주죠."

"맘대로 하시고 얼른 가시죠."

유천도 더 이상 이주희와 말 섞기가 싫었다. 이주희는 얼굴을 꼿꼿이 세우고 말했다.

"하루의 시간을 드릴게요. 만약 무슨 일이 있으면 연락하시고요."

"그럴 일 없을 겁니다."

유천은 단호하게 말했다.

"두고 보죠."

의미심장한 말을 마지막으로 이주희는 더 이상 돌아보지 않고 돌아서 나갔다.

그런 이주희를 보고 유천이 고개를 저었다.

"있는 집 지지배가 꼴값을 떠네."

이주희의 차는 한국에서는 보기 힘든 벤틀리, 그것도 고급형이었다. 고급차 중의 고급차였으나 유천은 콧방귀도 안 뀌었다.

앞에 와서 건방을 떠는 이주희의 모습에 별로 유쾌한 기분이 아니다.

한편 차에 오른 이주희는 내심 후회하고 있었다.

'내가 왜 그랬지?'

처음엔 이렇게 할 생각이 아니었다.

그런데 유천의 얼굴을 보자 화가 치밀어 자신도 모르게 말이 튀어나갔다.

후회했지만 이미 때는 늦었다.

"칫."

이주희가 짐짓 화난 표정을 지으며 운전사에게 말했다.

"집으로 가요."

이주희의 말은 어김없는 사실이 되었다.

다음 날 오전 이주봉에게서 연락이 왔다.

─일이 골치 아프게 됐습니다.

"뭔데?"

─지금 구청에서 나와 여러 가지 문제를 걸고넘어지는데
요? 건축 문제, 그리고 카센터 영업 문제, 허가 문제 때문에
아주 시끄럽게 하고 있습니다.

"그래?"

유천은 한순간에 이주희의 수작임을 눈치챌 수 있었다.

갑자기 아무렇지도 않던 구청이 움직인다는 건 뒤에서 누
가 움직였다는 게 애기다.

그러나 유천은 싱긋 웃으며 이주봉에게 지시했다.

"내버려 두고 할 일이나 해."

─지금 할 일을 할 수가 없습니다.

"그럼 기다려. 내가 바로 가지."

─무슨 수가 있습니까?

"지켜보면 안다. 바빠서 이만 끊어."

유천은 통화를 마치자마자 수리 센터로 향했다. 도착하자
마자 나타난 구청 건축과장이 비웃듯 말했다.

"이 지역은 앞으로 주거보호지역으로 선정될 겁니다."

"지금 지정 중이란 말인가요?"

"아뇨. 계획 중입니다. 그래서 자동차 수리공장은 안 됩니다."

구청 건축과장 말에 유천이 차갑게 쏘았다.

"그러니깐 과장님 말은 될지도 모를 계획 때문에 불가하단 이야기죠?"

"그, 그렇습니다."

"주위에 민가가 하나도 없는데요."

"……."

잠시 움찔한 구청 건축과장 얼굴을 보고 유천이 경고했다.

"당신이 대통령입니까? 아니면 서울시장입니까?"

"무슨 말을 그리합니까?"

"그거 아닙니까? 까라면 까란 소리지 않습니까?"

유천 말에 구청 건축과장이 뻔뻔하게 나왔다.

"좌우간 곤란합니다."

"그래요? 후회 안 하실 자신 있나요?"

"저도 이미 정유천 씨에 대해 조사했습니다."

"평범한 대한민국 소시민이라고 나옵니까?"

"……."

구청 건축과장이 인상을 찌푸렸으나 유천은 더욱 매섭게 나갔다.

"소시민이 분노하면 어떤 결과가 나올지 지켜보시지요."

"지금 협박하는 겁니까?"

"아뇨. 협박은 그쪽이 먼저지요. 용건 다 말했으면 가시지요."

"뭐라고요?"

"얼른 가라고요. 더 열 받으면 주먹 날아갈지도 몰라요."

움찔.

유천의 사나운 목소리에 구청 건축과장이 주춤했다. 결국 그는 꼬리 말고 사라질 뿐이었다.

"어디 붙어보자고."

독이 오른 유천이 곧장 프랑스대사관으로 날아갔다.

베리테와 마주하고 앉은 유천이 말했다.

"그 합작 건 있지 않습니까."

"네, 뭐 좋은 사업거리를 찾았습니까?"

"수입차 전문 정비공장을 하고자 합니다."

"아, 정비공장이라……. 괜찮은 생각이네요. 그런데 무슨……."

"합작 동의서 같은 서류들이 필요합니다."

"갑자기 왜요?"

베리테가 묻자 유천은 솔직하게 말했다.

"구청에서 귀찮게 굴더군요. 아무래도 우리나라는 외국과 합작한다면 좀 쉬워지거든요."

"그런 일이라면 걱정하지 마십시오. 아주 혼쭐나게 준비하죠."

베리테가 적극적으로 나서자 대사관답지 않게 신속한 움직임이다.

유천이 서류를 받아 든 것은 불과 두 시간도 지나지 않아서였다.

유천은 바로 베리테에게 손을 내밀었다.

"빨리 처리해 주셔서 감사합니다."

"뭘요. 본국의 지시가 있었습니다. 정유천 씨가 하면 적극 도와주라는 이야기가 있었거든요."

"그분에게 감사하다고 전해주세요."

유천은 싱긋 웃으며 대사관을 떠났다.

곧바로 현장에 도착한 유천은 시끄러운 분위기에 바로 인상을 찌푸렸다.

이주봉이 유천을 보고 달려와 말했다.

"아직도 그러는데요?"

"가보자고."

유천이 다가서자 별로 보기 싫은 구청 건축과장이 모습을 드러냈다.

조금 겁이 났던지 구청 직원을 다섯 명이나 데려온 꼴에 유천이 웃고 말았다.

"이 정비공장 허가가 곤란합니다."

"그러세요? 이번엔 무슨 이유인가요?"

"건축법도 여러 가지 안전 문제도 있어서 말입니다."

딱딱하게 나오는 구청 건축과장의 말에 유천은 말없이 서류를 내밀었다.

"프랑스 쪽에서 안 좋아할 텐데요?"

"무슨 말씀이신지?"

"일단 보고 말씀하시죠."

유천이 내미는 서류를 떨떠름하게 바라보는 구청 건축과장 얼굴이 새파랗게 질렸다.

"아니, 이건……."

"프랑스와 합작입니다. 괜찮으실까요?"

유천이 짐짓 비꼬자 구청 건축과장의 표정이 묘하게 변했다. 유천은 그런 과장에게 한마디 더 했다.

"문제가 커지면 자리 지키려나."

"……."

"한번 붙어봅시다. 누구 머리가 깨지는지 보자고요."

구청 건축과장이 다급한 얼굴로 유천에게 말했다.

"정 사장님."

"무슨 일입니까?"

"제가 실수한 것 같습니다. 오늘부터 일하셔도 됩니다."

"당신이 뭔데 이래라저래라 합니까?"

유천이 차갑게 쏘아붙이자 구청 건축과장이 우물쭈물거렸다.

"아, 아니, 그게."

"끝까지 갑시다."

"정 사장님."

"나 같은 건 신경도 안 쓴다며요?"

유천의 비아냥에 구청 건축과장이 안절부절못하며 매달렸다.

"죄송합니다. 저희가 실수를 한 것 같습니다."

"실수했으면 대가를 치러야지요. 제가 바쁩니다. 어서 가시죠."

유천의 싸늘함은 통 지워지지 않았다.

며칠 전 당한 수모를 생각하면 당장 면상에 주먹이라도 날아갈 판이었다.

구청 건축과장은 아찔한 기분이었다.

'젠장. 이래서 청탁은 피해야 하는데.'

내심 이주희에게 욕을 퍼부었다.

외자유치에 혈안이 된 구청장이었다. 이런 일이 알려지면 그야말로 좌천은 따 놓은 당상이었다.

구청 건축과장이 이마에서 진땀을 흘리며 유천에게 매달렸다.

"제가 뭔가 착각을 한 것 같습니다."

"그쪽의 착각 때문에 저는 완전히 인생 말아먹을 뻔했습니다. 그 점은 어떻게 생각하십니까?"

유천이 한마디 했다. 그러자 구청 건축과장이 더욱 안절부절못하며 말을 더듬었다.

"그, 그러니까."

"제가 한 가지 이야기 좀 해도 되겠습니까?"

"편하게 말씀하십시오."

"건물이 좀 작습니다."

유천의 뜻은 바로 여기였다.

유천은 구청 건축과장을 최대한 이용할 속셈이었다. 자신에게 약점이 잡힌 이상 꼼짝 못할 건 분명했다.

구청 건축과장을 좌천시키는 건 그리 어렵지 않았다. 하지만 그것보다 더 중요한 것은 자신의 사업이었다.

구청 건축과장이 없어진다고 해서 그 자리를 다른 사람이 메우지 않을 리는 없다.

결국 새로 시작해야 한단 소리였다.

구청 건축과장은 눈을 번쩍 뜨며 유천에게 말했다.

"건물이요?"

"네, 아무래도 건축허가 문제도 있고."

"걱정하지 마십시오. 제가 알아서 다 처리하겠습니다."

"그래주시겠습니까?"

"어차피 여기는 주택이 없어서 별문제가 없습니다."

전에 했던 얘기를 확 뒤집는 말이었다.

유천은 모르는 척 시치미를 떼며 구청 건축과장에게 말했다.

"그럼 과장님만 믿고 일을 해도 되겠습니까?"

"걱정 마시라니까요."

구청 건축과장은 마치 깜깜한 밤에서 불빛을 만난 듯 반겨했다.

유천은 그런 구청 건축과장을 보고 내심 미소를 지었다.

"그럼 믿고 하겠습니다."

"그렇게 하십시오. 나중에 연락만 주시면 됩니다. 전 이만."

구청 건축과장은 영 어색한 이 자리가 힘들었던지 얼른 도망치듯 떠나버렸다.

구청 건축과장이 멀리 사라지자 이주봉이 씩씩거리며 다가섰다.

"저놈을 용서하는 겁니까?"

"아니, 이용하는 거지."

"저 같으면."

"사업가의 길은 다 멀고도 험하단다."

유천의 한마디에 이주봉이 고개를 흔들었다.

"형님이 사업하십시오. 저는 열심히 뒷바라지하겠습니다."

"그래서 우리가 호흡이 잘 맞는 거야."

유천이 싱긋 웃었다.

그때 이주봉이 희한한 듯 물었다.

"어떻게 된 겁니까?"

"어떻게 되긴 프랑스와 합작을 했지."

"프랑스에 인맥을 만들어놓으셨습니까?"

"제대로 만들어놨지. 그나저나 다음 걸 준비해야겠다."

"능력 좋으십니다. 아마도 제가 줄을 잘 탄 것 같습니다."

"너 줄 잘 탄 거 맞아."

유천이 빙그레 웃으며 이주봉에게 담담한 목소리로 지시했다.

"주봉아, 네가 해외 좀 다녀와야겠다."

"제가요?"

"가서 놀고 있는 카 정비공 아니면 은퇴한 정비공도 좋아. 그들을 데려와."

"제가 뭘 알아야 데려올 거 아닙니까."

이주봉의 볼멘소리에 유천이 한마디로 끊었다.

"그냥 진실로 부딪쳐. 꼭 필요하다고 말이야."

"가능할까요?"

"가서 부딪쳐 보면 알지. 실패해도 뭐라고 하지 않을 테니까 다녀와."

"저 외국어 하나도 모르는데요."

이주봉이 살짝 얼굴을 붉히자 유천이 빙긋 웃었다.

"누가 너보고 외국어 하래? 통역 데리고 가란 말이야."

"아, 그래요? 그럼 해보겠습니다."

역시 이주봉다운 답변이다.

다른 사람 같으면 쩔쩔맬 일이지만 이주봉은 일단 부딪치고 본다는 심정이다.

그런 이주봉을 본 유천이 한마디 했다.

"역시 내가 후배는 잘 둔 것 같아."

"언제 갈까요?"

적극적으로 나서는 이주봉을 보고 유천이 말했다.

"시간 끌 거 있어? 내일 당장 가. 그리고 통역은 알아서 구하고."

"어디서 구합니까?"

"저기 신입사원들에게 알아보면 통역은 구할 수 있을 거야. 나머지는 알아서 해. 모든 경비는 회사에서 처리할 거야."

"다녀오겠습니다."

이주봉도 더 이상 물러서지 않았다.

혼자 남은 유천이 중얼거렸다.

"이거 상상외로 골치 아픈데?"

하나부터 열까지 자신의 지시에 의해 돌아갈 수밖에 없었다.

하지만 회사의 오너라면 당연히 해야 될 일이기에 유천은 피하지 않을 생각이다.

"후후."

사실 유천은 이주봉을 그냥 보낸 건 아니었다.

프랑스에 도착하면 공항에 마중 나올 사람을 이미 선정해둔 후였다. 다만 긴장이 풀릴까 봐 엄포만 냈다.

한편 이주희는 전화 한 통을 받고 노발대발했다.

"그게 무슨 소리예요? 더 이상 손댈 수 없다니. 뭐 프랑스요? 알았어요."

신경질적으로 휴대폰을 내려놓은 이주희의 눈이 새파랗게 변했다.

"프랑스에서. 그렇지. 그 인간이 프랑스에 있었지."

이주희는 어떻게든 유천을 자기 발밑으로 두고 싶었다. 물론 짓밟고 싶은 마음은 없다.

유천의 얼굴만 생각해도 가슴이 설레는 자신이다. 그런 유천을 자신의 품안에 온전히 안고 싶었다.

그럴 충분한 재력과 권력을 가지고 있는 자신이다.

"훙! 상대가 이 정도는 되어야 할 맛이 나지."

이주희의 얼굴에 빙그레 미소가 떠올랐다.

유천이 자신의 예상보다 훨씬 더 높이 가 있자 만족스러운 얼굴이다.

"이 정도라면 아빠가……."

순간적으로 얼굴이 붉어지는 이주희의 마음은 아무도 몰랐다.

여자의 마음은 갈대라 했는가. 유천을 향한 마음은 갈피를 잡기 힘들었다.

정신없이 움직인 지 한 달이 지났다.

수리 센터도 어느새 완공됐고 유럽에서 온 정비공으로 북적였다.

대부분 오십대 이상의 노련한 정비공으로 채워졌다. 모두 소르셸르리의 힘이었다.

유천이 뿌듯한 심정으로 수리 센터를 바라보며 이주봉에

게 물었다.

"외국인 정비사들 어때?"

"대표님."

이주봉이 볼멘소리부터 했다.

프랑스에 갈 때 긴장했던 기억만 떠올려도 울화가 터지는 모양이다.

유천이 빙긋 웃으며 한마디 했다.

"구경 잘했어?"

"그때 비행기에서 흘린 식은땀만 한 말입니다."

그랬다.

걱정에 밤새우고 간 프랑스에서 당혹스런 일만 당했다. 그때 유천이 옆에 있었다면 난리도 아니었을 것이다.

유천이 이주봉을 툭 쳤다.

"잘됐잖아?"

"하긴요."

"본격 가동되려면 얼마나 걸린다고 했지?"

"앞으로 두 달 정도 걸릴 거라 예상됩니다."

"두 달이라."

유천의 머리가 빠르게 돌아갔다. 슬슬 아프가니스탄으로 갈 시간이 다가옴을 직감했다.

'아직 부족해.'

사업에 신경 쓰다 보니 수련할 시간이 절대적으로 부족했다. 그렇다면 남은 두 달이라도 열심히 해야 했다.

그 생각에 유천이 뭐라고 말하려는 순간 이주봉이 선수를 쳤다.

"어딜 또 다녀오시려고요?"

"잠시 시골에 가서 머리 좀 정리하고 올게."

"이 바쁜 와중에요?"

"내가 바쁠 게 뭐가 있냐?"

"……."

그 말에 이주봉이 말문이 막혔다.

사실 모든 것이 다 이뤄진 지금 유천이 없다고 해도 큰 지장은 없었다.

유천이 싱글거리며 말했다.

"다녀올게."

"두 달 내로 오셔야 합니다."

이주봉도 시원한 성격이라 굳이 말리지 않았다. 유천은 싱긋 웃으며 수리 센터를 떠났다.

"두 달이라……."

그다지 걱정되진 않았다. 다만 한 가지가 마음에 걸렸다.

"속성으로 한다면 고통이 상당할 텐데."

눈썹을 찌푸렸지만 고통이 두려워서 뒤로 뺄 유천은 아니었다.

유천은 곧바로 김진수에게 연락했다.

"유학원은 어때?"

—이제 시작인데, 뭐. 그런데 나쁘지 않아.

"수고하고, 두 달가량 못 볼 것 같다."

—어딜 가는데?

걱정스런 김진수의 물음에 유천이 시원하게 대답했다.

"시골 가서 머리 좀 식히려고."

—진짜야? 또 위험한 데 가는 거 아냐?

"지금은 아냐."

—알았어. 여긴 걱정 말고 쉬어. 그동안 머리 터졌을 테니까.

의외로 순순히 나오는 김진수에게 유천이 말했다.

"성진이에게 잘 말해줘."

—그 녀석 정신없어. 지금 유학원 키운다고 골머리 앓고 있어.

"후후. 다행이네. 나중에 보자."

기분 좋은 일이다.

박성진이 적극적으로 움직인단 말에 고맙기도 했다.

유천은 그길로 강원도 깊은 산골로 가서 초막 하나를 얻었다.

산속에 들어간 유천이 하늘을 바라보며 말했다.

"성공해야 될 텐데."

정확히 두 달 후.

초막 안에서 유천이 모습을 드러냈다.

"징그럽다."

유천의 얼굴은 홀쭉하게 빠져 있고, 얼굴은 얼마나 시달렸
는지 파리해 창백하기 그지없었다.

절레절레.

유천이 머리를 흔들며 두 달간의 생활에 생각만 해도 치가
떨렸다.

"사람이 할 짓이 아니야."

그러나 무사히 마쳤다는 기쁨에 유천은 주먹을 불끈 쥐었
다. 이제는 전과 완전히 다른 자신이다.

세상 누구와 부딪쳐도 자신 있었다.

자신감이 생기자 유천의 눈빛이 차갑게 빛났다.

"슬슬 처리하러 가야지?"

유천이 중얼거리며 하산 길을 서둘렀다.

수리 센터 앞에 선 유천은 깜짝 놀랐다. 어느덧 수리 센터
에 차가 입고되어 있다.

유천이 서 있자 이주봉이 빠르게 다가왔다.

"오셨습니까?"

"어떻게 된 거야? 언제부터 가동한 거야?"

"이제 3일 됐습니다. 서둘러서 빨리 움직였죠."

"그래? 그런데 왜 연락을 안 했어?"

유천이 묻자 이주봉이 고개를 쳐들었다.

"한 백 통은 했을걸요? 전화가 안 된다고 하던데요."

"아, 그랬나."

유천은 그제야 머리를 긁적였다. 강원도 깊은 산속에서 전화가 터질 리가 없었다.

"대표님도 없어 제가 얼마나 고생한지 아십니까?"

"그래, 생색은 그만 내고. 괜찮아?"

"아직은 초반이라 그렇게 썩 좋지는 않습니다만 한두 대씩 오고는 있습니다."

"광고를 때려야 하는데."

유천의 말에 이주봉은 귀가 솔깃했다.

"광고요?"

"TV에 광고 한 번 때리면 그다음부터는 직방이잖아."

"돈이 많이 들지 않습니까."

"벌기 위해서는 투자를 해야지. 그나저나 고생했네. 내가 오늘 저녁은 근사하게 사지."

"그거 듣던 중 반가운 소리입니다."

이주봉도 얼굴이 해쓱했다. 가만히 바라보던 유천이 한마디 했다.

"너도 고생 많았나 보네."

"그러는 분도 만만치가 않은데요?"

"하하!"

두 사람은 마주 보고 환하게 웃었다.

서로 다른 자리에서 미래를 위해서 열심히 살아왔다는 산 증거이기도 했다.

9장

다가온 손

식당에서 이주봉이 유천에게 슬며시 물었다.

"형님, 뉴스 보셨습니까?"

"무슨 뉴스?"

"형님, 그것도 안 보셨군요. 이것 좀 보십시오."

이주봉이 스마트폰을 내밀었다.

좀 얼떨떨한 기분으로 바라보던 유천의 눈빛이 살짝 변했다.

거기에는 뜻밖의 영상이 보였다.

얼굴에 복면을 뒤집어쓴 두 명의 괴한 가운데 한 사람이 앉아 있다.

의자에 꽁꽁 묶인 채 앉아 있던 남자가 바로 한국말로 소리친다.

―내 이름은 김명환입니다! 국민 여러분! 어차피 난 죽습니다! 대신 이 개새끼들을 같이 보내주십시오!

―이 자식이 돌았나.

복면 괴한들이 남자를 총으로 후려 팼다.

―으윽! 꼭 죽여… 악!

남자의 입에서 시뻘건 피가 주르륵 흐르면서 화면은 거기서 꺼졌다.

가만히 보던 유천이 이주봉에게 물었다.

"이게 무슨 일이야?"

"테러 집단에 납치된 사람인데 멋지지 않습니까?"

"멋진 건 알겠는데, 이 사람, 왜 이런 소리를 해? 살고 봐야 될 거 아니야."

"아니, 형님."

"사는 게 더 중요해. 왜 그랬을까?"

유천이 잠시 고개를 갸웃거렸다.

그러나 더 이상은 신경 쓰지 않았다.

유천이 신경 쓰지 않은 지 몇 시간이 지나지 않았다.

바로 사람들이 몰려들어 너도나도 납치된 김명환 얘기에

열을 올렸다.

"멋지지 않냐?"

"도대체 어떻게 구출한데?"

"정부에서도 대책이 없나 봐. 무리한 조건만 내세워서 협상이 안 되나 봐."

이야기를 조용히 듣고 있는 유천이 자신과 연관 없는 일이기에 관심을 껐다.

모처럼 만난 이주봉과 사업 이야기를 나눈 후 유천은 집으로 향했다.

그런데 멀리서 차에 오르는 유천을 보던 한 남자가 재빨리 휴대폰을 꺼내 들었다. 정장 차림의 사십 대 후반의 남자다.

옆에 선 청년은 매서운 눈매에 운동으로 다져진 근육질이 옷 위에서도 느껴질 정도이다.

사십 대 후반 남자가 담담하고도 힘찬 목소리로 통화를 시작했다.

"접니다. 정유천이 차를 탔습니다."

―좋아, 계획대로 준비해.

휴대폰에서 낮고 굵은 음성이 들리자 남자의 얼굴이 긴장으로 굳었다.

"오늘입니까?"

─시간 끌 일이 아니야.

"빈틈없이 끝내겠습니다."

통화를 마친 남자가 손짓하자 기다렸단 듯 차 두 대가 유천이 탄 택시 뒤를 쫓았다.

부웅!

배기 음을 들으며 남자도 차에 올랐다.

"따라가."

그 말을 끝으로 시트에 몸을 기댔다.

영문을 모르는 유천은 곧바로 집 앞에 있는 슈퍼에서 음료수 몇 병을 사 들고 집으로 터덜터덜 걸어갔다.

뚜벅뚜벅.

택시에서 내려서도 조금 걸어야 되는 거리이다.

"그새 눈이 내리고 지랄이야."

아까 낮에는 멀쩡했지만 눈이 와서 택시기사가 들어오지를 않은 탓이다. 천천히 걷던 유천의 눈썹이 좁혀졌다.

앞에서 다가오는 다섯 명의 남자, 첫눈에 보기에도 단단한 체격이 보통 몸매는 아니었다.

이런 한적한 전원주택 단지에서 흔히 볼 사람들이 아니었다.

하지만 유천은 신경을 끈 채 스쳐 지나가듯이 그들을 지나가는 순간 목소리가 들렸다.

"정유천 씨?"

우뚝.

제자리에 서서 돌아보던 유천의 얼굴에 의아함이 떠올랐다.

"누구십니까?"

"정유천 씨 맞죠?"

"그렇습니다만."

유천이 아직도 생전 처음 보는 얼굴에 고개를 갸웃거리는 순간이다.

그 말과 동시에 다섯 명이 사방을 포위하고 들어왔다. 유천은 구태여 그들에게 이유를 묻지 않았다.

다만 한 가지만은 궁금했다.

"정유천 맞습니다만, 사람 잘못 본 거 아닙니까?"

"당신 맞아."

그 말에 유천은 대꾸하지 않고 손에 들고 있던 봉지를 슬며시 길가로 내려놨다.

시비를 거는 남자를 보니 절대 말장난으로 끝날 일이 아니었다.

다가오던 다섯 명의 남자를 본 유천의 눈이 깊게 내려앉았다.

'전문 훈련을 받은 자들이다.'

걸음걸이 하나하나에 절도가 있고 뿜어내는 기세가 장난이 아니었다. 적어도 운동으로 다져진 자들이 분명했다.

하나만 봐도 저들이 어떤 자들인지 금방 알 수 있었다.

'이런 자들이 왜?'

유천도 경험으로 알고 있었다.

이런 자들이라면 결코 뒷골목이나 휘저을 자들이 아니었다. 체계적으로 단련한 특별한 인간들이다.

전의 자신이라면?

한두 명이라면 몰라도 다섯 명은 절대 무리였다. 그러나 지금은 그야말로 별 두려움 없이 맞섰다.

그중 한 남자가 살짝 목례했다.

"실례 좀 하겠습니다."

"그냥 가시면 실례도 아닌데요."

유천이 농담을 건넸으나 상대는 신경 쓰지 않았다.

드디어 공격이 시작되었다. 번뜩거리며 다가오는 주먹과 발이 유천을 매섭게 노려왔다.

협공이지만 서로 간에 사전 약속이라도 한 듯 물샐틈없이 모든 방위를 차단한 공격이다.

'확실해.'

유천이 속으로 뇌까렸다.

보는 시선이 많아 제대로 능력을 보일 수는 없기에 똑같이 힘으로 맞서야 했다.

그들의 손발 동작에 운동한 자만의 특성이 그대로 나타났다.

싸움에서는 밀어치기보다 끊어치는 게 사람에게 좀 더 타격을 주는 방법이다. 또한 다음 자세를 잡기에 편한 수법이다.

그렇다고 곱게 맞아줄 유천은 아니었다.

정면보단 측면.

매서운 힘이라도 비켜 막으면 위력이 약해지게 마련이다. 그 방향으로 유천이 팔을 막아가며 역으로 팔꿈치로 옆구리를 노렸다.

타닥!

순식간에 몸과 몸이 부딪쳤다.

유천은 달라진 신체능력으로 몸을 최대한 부드럽게 움직여 상대의 주먹을 흘렸다.

퍼퍽!

충격이 양쪽을 휩쓸었다.

유천은 흔들림이 없었지만 상대는 달랐다.

휘청.

강한 압박에 공격당한 두 명의 몸이 흔들렸다.

"어쭈."

상대가 놀란 듯이 바라보자 곧바로 잡아오는 다른 손길이 있다.

유도.

유천은 다가오는 손을 그대로 방치해 봤다.

"한번 해보잔 말이지."

턱!

유천의 패딩이 잡히며 곧바로 몸이 허공으로 날 것 같은 순간 유천은 날쌔게 밑을 파고들며 상대를 역으로 돌렸다.

쾅!

시원하게 업어치기 한 방에 상대는 땅에 떨어져 그대로 신음을 토했다.

땅에 패대기쳐진 충격이라면 아무리 전문적으로 운동을 한 자라도 쉽게 회복되지 않는다.

"윽!"

유천은 곧바로 다른 네 명과 시선을 마주쳤다. 그들은 감히 방심하지 못하고 전력으로 나왔다.

오랜만에 전문적인 자들과 부딪치니 이렇게 흥겨울 수가 없었다.

'하, 이거 미치겠네.'

유천은 속으로 웃고 싶은 마음이다. 달라진 몸은 유천의 의

사와 상관없이 더욱 강한 상대를 요구하고 있었다.

타닥!

공기를 끊어 타격점을 찾은 상대의 손이 유천의 복부를 노려왔다.

유천은 몸을 모로 비틀며 수도로 어깨를 노렸다.

빡!

똑같은 끊어 치기의 타격.

상대가 얼른 몸을 땅으로 숙이며 피했다.

그러나 유천의 신체가 그리 호락호락하지 않았다. 부드럽게 돌아간 유천의 무릎이 사정없이 상대의 가슴팍을 노렸다.

퍽!

한 방에 남자가 비틀거리며 가슴을 부여잡고 주저앉았다.

유천은 더 이상 손대지 않고 나머지 세 명을 노려봤다.

"협공해!"

외침과 동시에 세 명이 서로 눈빛을 교환하더니 일제히 덤벼들었다.

휘릭.

유천은 돌연 몸을 허공으로 가볍게 날아올랐다. 도약력이 얼마나 대단한지 상대 머리 위로 솟구친 모습이다.

운동 좀 했다는 사람은 모두 알고 있는 사실이지만 싸울 때 몸을 띄우는 건 어리석은 행동이다.

"미친 자식."

남자들은 비웃음과 함께 자세를 잡고 유천이 떨어질 때를 기다려 급소를 노렸다.

"그건 니들 생각이고."

그러나 상대가 유천이란 것이 잘못이었다. 유천은 공중에서 빗살 같은 동작으로 온몸을 뒤틀었다.

휙.

유천은 기이할 정도의 각도를 보이며 부드러운 동작으로 피해간 상대를 집요하게 추적했다.

체공 시간과 몸이 자유롭지 않은 허공이라곤 눈으로 보면서도 믿기지 않을 정도였다.

"어, 어……."

놀란 상대들이 허둥거리는 사이 유천의 양발이 부챗살처럼 퍼졌다.

"피해!"

상대가 재빠르게 몸을 비틀었다.

이종격투기에서도 발이 가장 위력적이다. 발로 얼굴을 맞는다면 순간적으로 정신을 잃을 수 있는 강한 충격이 있기 때문이다.

그러나 유천의 동작은 그들의 예상보다 훨씬 빨랐다.

발뒤꿈치로 피해가던 세 명의 남자의 광대뼈를 정통으로

후려쳤다.

퍼퍼퍽!

정통으로 가격당한 세 사람은 힘없이 땅으로 쓰러졌다. 이미 결정타를 맞은 듯 세 명 다 온몸이 축 늘어졌다.

턱!

그때서야 땅으로 내려선 유천이 자세를 잡았다.

설명은 길었지만 불과 이삼 초 내에 벌어진 일이다.

유천은 쓰러진 다섯 명을 바라보았다. 사실 유천은 그들에게 치명적인 공격은 퍼붓지 않았다.

상대도 자신에게 이상할 정도로 급소를 노리고 들어오지 않았다. 그저 제압하겠다는 속셈이 분명했다.

그런 자들에게 치명적인 공격을 날릴 이유는 없었다.

또한 유천은 자신이 가진 능력의 극히 일부만을 썼다.

남들에게 자신의 모두를 드러내는 건 바보 같은 짓이다.

'이 정도라도.'

상대가 감당하긴 힘들었다.

뿌듯해진 유천이 슬쩍 시선을 돌려 공격에 참가하지 않은 나머지 두 명의 남자를 바라보며 냉정하게 말했다.

"안 와?"

그때였다.

짝짝짝!

갑자기 묵직한 박수 소리가 들렸다.

유천은 슬며시 시선을 돌려 그쪽을 바라보았다.

검은 대형 승용차 뒷좌석이 열리고 한 남자가 내리고 있다.

키는 그리 크지 않았지만 풍기는 기운은 보통 사람을 한눈에 제압할 정도로 강한 기상이다.

번뜩거리는 눈빛은 보는 것만으로도 사람을 주눅 들게 할 정도였다. 그러나 그건 보통 사람의 경우였다.

유천은 담담한 표정으로 눈 한 번 깜빡거리지 않고 남자를 정면으로 주시했다.

사십 대 중반 정도로 보이는 남자는 아무런 거리낌 없이 유천의 앞으로 걸어왔다.

불과 2미터 앞에 선 남자가 빙긋 미소를 지었다.

"정유천 씨, 정말 대단하군요."

"당신 누구야?"

유천의 입에서 고운 말이 나갈 리가 없었다.

느닷없이 공격한 남자들, 그들을 데리고 온 자에게 쓸 예의는 어디에도 없었다.

중년남자는 그런 유천에게 당연하다는 듯이 고개를 끄덕였다.

"초면에 실례가 많았습니다."

"실례인 줄 알았으면 이유를 밝혀야 하지 않아?"

"아, 물론입니다. 정식으로 인사하죠. 우린 대진그룹에서 왔습니다."

"대진그룹?"

유천의 눈빛이 변하자 남자가 고개를 끄덕였다.

"그렇습니다. 오늘 실례를……."

"증거를 보여주시죠?"

유천이 살짝 비웃으며 말했다.

그러자 중년남자는 그럴 줄 알았다는 듯이 미소를 지우지 않은 채 양복 안주머니에 손을 넣었다.

꺼내 든 건 얄팍한 명함이었다.

뉴스에서 흔히 보던 명함이 눈앞에서 반짝였다.

"자, 자세히 보시죠."

유천은 건네주는 명함을 천천히 살펴봤다.

그 순간 갑자기 좌우에 있던 남자 두 명이 유천을 공격해 들어왔다.

유천은 마치 그럴 줄 알았다는 듯 슬쩍 몸을 비키면서 뒤로 물러섰다. 달라진 몸은 주변 어떤 상황에도 거의 본능적으로 대처했다.

"죽고 싶지?"

유천의 입에서 싸늘한 비웃음이 흘러나왔으나 남자들은 곧 공격 자세를 취했다. 그러자 중년남자가 서둘러 말했다.

"아, 됐어. 그만."

"네, 실장님."

두 명의 남자는 지체없이 뒤로 물러섰다. 가만히 바라보던 유천이 불쾌한 듯 중년남자에게 쏘아붙였다.

"지금 뭐하자는 겁니까?"

"죄송합니다. 신중을 기해야 하는 일이라서요."

"실컷 신중하시죠. 그럼 이만."

"진정하시고, 손에 든 명함을 다시 한 번 보시죠."

남자의 말대로 유천은 그때서야 명함을 바라보고 살짝 눈 빛에 광채가 감돌았다.

대진그룹 비서실장 김영철.

대진그룹 비서실.

유천은 몰랐지만 대진그룹의 심장부나 마찬가지인 부서이 다.

그룹 계열사 관리는 물론 자금 관리와 정보 등 막강한 권한 을 가진 실세였다.

말이 실장이지 사장이나 부회장 직함을 달아야 앉을 수 있 는 자리기도 했다.

김영철 비서실장이 유천에게 다가와 말했다.

"놀라시게 할 생각은 없었습니다. 그저 실력을 좀 알아보고 싶었습니다."

"……."

유천이 말없이 노려보자 김영철 비서실장이 말을 이었다.

"프랑스 외인부대 특수부대에 계셨다고요?"

"그렇습니다만."

유천이 떨떠름한 표정으로 대답했다.

외인부대의 기억이라면 지우고 싶은 인생의 한 파편이다.

그 기억을 떠올리게 한 김영철 비서실장에게 호감을 보일 리 없었다.

김영철 비서실장은 그런 유천에게 한마디 건넸다.

"대단하십니다. 그쪽에서도 꽤 날렸다고 하던데요."

"살기 위해서 그랬죠."

유천의 비수 감춘 말에도 김영철 비서실장은 흔들리지 않았다.

"그래서 드리는 말씀인데, 같이 일을 해보는 건 어떻겠습니까?"

"일이요?"

"회장님이 부르시네."

슬며시 김영철 비서실장의 말투가 내려왔다.

유천은 그런 김영철 비서실장을 보며 슬며시 고개를 흔들었다.

"말투가 거슬립니다."

"나이 차이도 있는데."

"당신 말대로라면 세상 모든 일이 나이로 된단 이야기입니까?"

"정 그러시면. 그나저나 함께 일할 생각은 없습니까?"

"호의는 고맙습니다만 사양하겠습니다."

"사양?"

잠깐 놀란 표정이다.

대진그룹 비서실.

적어도 운동깨나 한 사람들이라면 누구나 오기를 원하는 곳이다.

유천도 그런 맥락에서 벗어나지 않으리라 생각했다.

더군다나 정보에 의하면 유천은 한국에 들어와서 변변한 직업도 사실 구하지 못한 처지였다.

물론 하나만 아는 반쪽짜리 정보였다.

김영철 비서실장의 입장에선 놀랍고도 당혹스런 유천의 대답이었다.

유천은 그런 김영철 비서실장을 바라보며 말했다.

"죄송하지만 월급쟁이는 하고 싶지는 않군요. 저는 꿈이 큰 놈입니다."

유천은 한마디로 김영철 비서실장의 제안을 묵살했다. 그러자 김영철 비서실장이 유천을 바라보며 씩 웃었다.

"대진그룹을 떠나 조국을 위해서라면 안 되겠습니까?"

"조국?"

유천의 눈빛이 사나워졌다.

"무슨 할 말이 있습니까?"

김영철 비서실장은 조금도 당황하지 않은 표정이다. 유천은 그런 김영철 비서실장에게 서서히 자신의 본마음을 드러냈다.

"조국이라고 하셨습니까? 그 조국이 나한테 뭘 해줬는지 아십니까?"

"말씀해 보십시오."

여전히 담담한 김영철 비서실장을 보고 유천은 씹어뱉듯이 말했다.

"그렇게 잘난 정보력이면 3년 전에 우리 어머니가 병원에서 치료 받았다는 건 알고 계시겠죠."

"알고 있습니다."

"그때 그 잘난 조국이 한 게 뭔지 아십니까?"

"……."

김영철 비서실장이 침묵하자 유천이 칼날처럼 쏘아댔다.

"조국을 위해서 힘든 특수부대에서 근무했습니다. 그리고 어머니가 사경을 헤매시기에 국가에 부탁했습니다. 그런데 국가가 나한테 준 건 배신이었습니다."

"그건……."

"압니다. 하지만 적어도 나라를 위해서 목숨 걸고 사는 사람에게 최소한의 배려는 해주어야 하지 않습니까?

그 말에 김영철 비서실장이 어깨를 으쓱했다.

"항상 세상사에는 절차와……."

"아아, 됐습니다. 좌우간 제 마음은 전했습니다. 월급쟁이는 싫지도 않고 조국을 위해서 봉사하고 싶은 마음도 개뿔 없습니다. 됐습니까?"

유천은 싸늘하게 말하고 돌아섰다.

그러나 곧바로 김영철 비서실장의 목소리가 유천의 귀를 울렸다.

"그럼 어떤 조건을 원하나요?"

"조건은 필요 없습니다. 자유롭게 살고 싶을 뿐입니다."

솔직한 유천의 마음이다.

외인부대에서 지긋지긋한 생사의 고비를 숱하게 겪은 자신이다.

한국에 돌아와서 편하게 자신의 목적을 위해서 살고 싶은 마음이 굴뚝같았다.

그런데 뜻밖의 대진그룹 비서실의 제안이 반가울 리가 없었다.

명예, 그건 개한테나 줄 이야기였다.

김영철 비서실장은 인생을 오래 산 경험자답게 유천의 마음을 곧바로 간파했다. 더불어 어느새 말도 편하게 나온다.

"외인부대에서 고생이 많았던 모양입니다."

"겪어보셨습니까?"

"허허."

"가면 알게 될 겁니다. 뭐 내일 당장 입대하셔도 괜찮고요."

유천의 농담에 김영철 비서실장이 웃었다.

"허허, 참 독특한 성격이군요."

"원래 그런 경험을 하다 보면 성격이 좀 변하기도 하죠. 잠깐 비켜주시겠습니까?"

유천은 슬며시 땅에 놓아둔 봉지를 집어 들었다.

그러나 김영철 비서실장은 쉽사리 길을 비켜줄 마음이 없는 모양이었다.

"잠깐 좀 더 이야기하지요."

"더 할 얘기 없습니다. 정 하고 싶으시면 다음으로 미루었음 합니다. 이거 사생활 침해인 거 아시죠?"

유천의 차가운 말에도 김영철 비서실장은 굴하지 않았다.

"들어보기라도 하시지요. 김명환 납치 뉴스 보셨지요?

"봤습니다."

"외국 테러 조직에서 우리나라를 노린 결과입니다."

"우리나라가 미국인가요?"

유천이 어이없다는 듯이 바라보자 김영철 비서실장이 고개를 흔들었다.

"미국과 친한 건 사실이잖습니까?"

"그거야 저도 인정하죠."

"덕분에 우리가 타깃이 된 거지요. 그들도 미국을 건드리자니 부담스럽고 만만한 게 뭐라고 하필 우리입니다."

"구하시면 되겠네요."

유천은 꿈쩍도 하지 않았다.

김영철 비서실장은 그런 유천의 말투에도 표정 하나 흔들리지 않았다.

"새로운 얼굴이 필요합니다."

"이유는요?"

"뛰어난 능력을 가진 인물이 필요합니다. 거기에 정유천 씨가 적격이란 추천이 있었습니다."

"다른 데서 찾으시지요."

그제야 유천은 저들이 자신을 찾아온 이유를 간파했다.

자신의 외인부대 경력, 특히 이슬람 원리주의자와 싸운 경험이 필요한 것이다.

지피지기(知彼知己)면 백전백승(百戰百勝)이다.

적을 알아야 싸움이 유리했다.

사실 이슬람 원리주의자와 싸워본 경험은 비서실 요원 중 단 한 명도 없었다.

'이것 봐라?'

유천이 내심 득의의 미소를 지을 때 김영철 비서실장이 제안했다.

"이 일만 처리해 준다면 크게 보상금을 드리지요."

"먹고살 만합니다."

"원하시는 걸 해드리겠습니다."

그러나 순간 유천의 머리가 돌아갔다.

대진그룹 비서실.

분명히 한국에서는 가장 큰 자본가 중의 하나다. 그리고 자신을 필요로 한다?

앞으로 살아갈 날을 떠올리니 입가에 미소가 머금어졌다.

"잠시 생각할 시간을 주시겠습니까?"

"얼마든지."

유천이 시선을 돌리자 옆에 있던 비서실 직원들 눈빛에서 독기가 번뜩인다. 자신들을 땅바닥에 패대기친 유천이 곱게 보일 리 없었다.

'그런 니들 생각이고.'

유천은 그들을 개의치 않고 홀로 생각에 잠겼다. 그렇게 한참을 생각해 보던 유천이 천천히 입을 열었다.

"그러니까, 김명환의 일만 해결하면 된다는 얘기죠?"

"그렇습니다."

김영철 비서실장이 대답하자 유천이 말했다.

"회장님이 보고 싶어 하신다고요?"

"그렇습니다."

"회장님 뵙고 결정하죠. 그럼 이만."

유천은 살짝 고개를 숙이고는 걸어갔다. 뒤에 있던 김영철 비서실장이 어이없다는 듯이 바라봤다.

"하, 골치 아픈 친구로군."

10장

결정

유천이 삼십 미터쯤 걸어갈 때 다시 김영철 비서실장의 목소리가 들렸다.

"잠깐, 이야기 좀 더 하지요."

유천은 우뚝 서며 뒤를 돌아보며 말했다.

"무슨 말씀이십니까?"

"아까 보니 사정 봐주는 것 같은데, 진짜 실력이 궁금하군요."

"몰라도 됩니다."

유천은 단 한마디도 지지 않았다.

어차피 해도 그만, 안 해도 그만이기에 김영철 비서실장에게 굽힐 이유가 없었다.

안색 한 번 안 바뀌고 김영철 비서실장이 천천히 다가와 말했다.

"좋습니다. 그럼 내일 아침 9시에 봅시다."

김영철 비서실장이 말을 마치고 돌아서는 순간 유천이 말했다.

"저 싼 사람 아닙니다."

"허허, 나중에 얘기하지요."

김영철 비서실장은 더 이상 말하지 않고 바로 차에 올랐다.

부우웅!

차를 타고 떠나자 뒤에 있던 비서실 직원들이 유천을 바라보며 한마디 했다.

"너, 조심해."

"그나저나 실례 많았어."

상대에 맞춰 반말로 나간 유천에 그들의 인상이 찌그러졌다.

"실례라고?"

"실력파인 줄 알았다면 몸이나 제대로 풀 건데 아쉽네."

"뭐라고? 이 자식이!"

유천의 비아냥거림에 비서실 요원 하나가 달려들 듯이 몸을 날렸다. 그러자 다른 요원이 서둘러 잡았다.

"실장님 말씀 못 들었어? 가자고."

"이 자식, 내일 보자고."

으르렁거렸으나 유천은 대꾸하지 않았다.

부릉!

나머지 비서실 요원들까지 사라지고 나자 유천이 봉지를
툭툭 털었다.

"웃기는 일이 벌어지네."

유천도 상상하지 못했던 일이다.

"닥치면 닥치는 대로."

유천은 깔끔하게 돌아섰다.

집으로 돌아온 유천은 식사를 마친 후 진수를 불렀다.

"진수야, 잠깐 나 좀 보자."

"무슨 일이야?"

유천은 다짜고짜 봉투 하나를 건넸다.

"이거 우리 어머니 간병비다."

"야, 이 새끼야."

"그렇게 생각하지 말고 맛있는 거 사드리고 해야 될 거 아
니야. 네가 돈 있어?"

"……."

김진수가 찔끔한 표정이다.

"그렇게 하자고."

유천은 말을 깔끔하게 끝내 버렸다. 여기서 공연히 구질구질하게 말할 필요가 없었다.

김진수가 유천에게 물었다.

"도대체 뭘 하는데?"

"아까 대진그룹 비서실에서 왔었어."

"뭐? 대진그룹 비서실?"

유천이 솔직하게 말하자 김진수가 당황하는 표정이다.

"너한테까지 비밀로 하고 싶은 마음은 없다. 그리고 뭐 비밀로 할 이야기도 아니고."

"무슨 일로?"

"김명환 사건 알지?"

"아!"

그제야 눈치챈 김진수의 얼굴이 삽시간에 굳어졌다.

납치 사건.

그걸 거론한 대진그룹 사람 이야기는 하나로 귀결됐다.

유천의 도움을 청하려는 것이다.

김진수가 목이 타는 듯 갈라진 목소리로 물었다.

"그럼 위험하잖아?"

"안전하지는 않겠지. 하지만 내가 있던 부대보다야 훨씬 나을 것 같다."

유천이 싱긋 웃자 김진수가 말했다.

"야, 왜 이렇게 갈수록 위험한 쪽으로 가냐?"

"그럴 사연이 있었어. 어머니에겐 잘 둘러줘."

"아무래도 다시 생각해 보는 게 좋지 않겠어?"

"가자. 차나 한 잔 하자."

유천이 막무가내로 김진수를 끌고 들어갔다. 김진수는 질
질 끌려가다가 마지막으로 한마디 했다.

"야, 다시 한 번 생각해 보라니까."

"많이 생각해 봤어."

유천이 진수의 말을 한마디로 끊었다.

방에 들어온 유천의 눈빛이 빛났다.

김영철 비서실장과의 인연은 처음부터 그리 좋은 만남은
아니었다.

유천은 먼저 김명환이 왜 그러는지에 대해서 생각해 봤다.

"죽고 싶은 사람 없다. 그런데 자신을 죽이고 저들도 죽여
달라고 부탁하는 걸 보면 희한해."

김명환에게 무슨 속셈이 있음이 분명했다.

물론 유천도 여러 가지 추측이 떠올랐지만 확실한 건 없었

다. 제일 정확한 건 본인의 입을 통해 들어보는 것이 맞았다.

모든 걸 떠나서 유천의 호기심을 자극한 건 단 한 가지였다.

"배짱이 있어."

보통 사람이면 주눅이 들어 꼼짝 못할 상황이 분명했다. 그런데 그 상황을 무릅쓰고 김명환은 자신이 할 말을 시원하게 했다.

일단 대진그룹 주돈수 회장을 만나보고 나머지는 결정할 생각이다.

"후후."

차갑게 웃던 유천이 온몸을 팽팽하게 긴장시켰다.

머리보단 몸이 우선이기에 유천은 마음을 다잡고 수련에 열중했다.

다음 날 오전 아침 9시가 되자 유천은 빌딩 앞에 섰다.

유천은 천천히 걸어 들어가서 경비실을 찾아갔다.

"주돈수 회장님하고 약속이 되어 있습니다만."

"실례지만 성함이……."

"정유천이라고 합니다."

"연락 받았습니다. 저를 따라오시지요."

경비원이 깍듯한 자세로 변하며 유천을 안내했다. 그런데 엘리베이터가 일반 엘리베이터가 아니었다.

뒤쪽에 있는 엘리베이터에는 아무도 서 있는 사람이 없었다.

"이걸 타고 올라가시면 됩니다. 좋은 하루 되시길."

"아, 예. 그쪽도 좋은 하루 되십시오."

유천이 마주 인사하고 엘리베이터 안으로 들어섰다.

그러자 정신이 번쩍 들 만한 미녀가 고개를 살짝 숙이며 미소를 짓는다.

"방문을 환영합니다. 회장님께서 기다리고 계십니다."

"아, 네."

유천은 짤막하게 답했다. 왠지 모르게 기계적인 냄새가 풍겨 그리 기분이 좋지는 않았다.

위잉.

엘리베이터는 유천 혼자만을 태우고 꼭대기 층으로 올라갔다.

문이 열리자 눈에 익은 김영철 비서실장이 앞에 서 있다.

"정유천 씨, 이쪽으로 오시죠."

"아, 네."

유천은 다시 한 번 짤막하게 인사하고는 김영철 비서실장을 따라 나섰다.

"이쪽이 회장님 집무실입니다. 들어가시죠."

커다란 나무문을 밀고 들어서자 고급스러운 방이 실체를 드러냈다.

사방으로는 앤티크한 가구들이 즐비했고 고급 소파가 시선을 사로잡았다.

척 보기에도 꽤나 비싼 가죽을 쓴 소파임이 분명했다. 유천이 들어서자 김영철 비서실장이 먼저 입을 열었다.

"회장님, 정유천 씨 오셨습니다."

"그래, 이쪽으로 모시게."

60대 중반으로 보이는 남자가 자리에서 일어서 유천 쪽으로 다가섰다. 비만이라 그런지 약간 뒤뚱거렸다.

그러나 눈빛은 달랐다.

야망에 불타는 눈은 절대 평범한 노인이 아니었다.

"자, 이쪽에 앉으시지. 나 주돈수라고 하네."

유천은 보통 사람이라면 주눅 들 상황이었지만 그다지 긴장감이 없었다.

얼핏 보면 부드러우면서도 카리스마 넘치는 주돈수 회장의 첫인상이었다.

그러나 유천은 알지 못할 이질감을 시간이 갈수록 강하게 느꼈다.

마치 어울리지 않는 옷을 입은 사람을 보는 기분이었다.

묵직함 뒤에 감춰진 무언가가 있는 듯한 직감이 들 정도였다.

'소문으론 돈벌레라던데.'

그러나 유천은 더 이상 깊게 생각하지 않았다.

어차피 이번 한 번으로 인연은 끝이다.

다시 볼 기회라곤 방송에서 뿐이다.

그리 마음먹으니 한결 대하기가 편했다.

유천은 바로 주돈수 회장이 권해주는 자리에 앉았다. 그리
고 맞은편에는 김영철 비서실장이 앉았다.

주돈수 회장은 유천을 뚫어지게 바라봤다.

"전력이 화려하시더군."

"별거 없습니다."

"외인부대에서도 이름을 날렸다고 들었네."

"그걸 어떻게 아시는지요?"

유천이 반문하자 주돈수 회장이 싱긋 웃었다.

"우리 대진그룹 정보력을 무시하지 마시게. 그 정도는 알
수 있네."

"그렇군요."

유천은 짤막하게 답할 뿐이다.

그러자 주돈수 회장이 호기심 어린 표정으로 유천에게 입
을 열었다.

"비서실 보고에 따르면 상당히 뛰어난 인재라 하더군."

"보기 나름입니다."

유천은 태연하게 말했다.

주돈수 회장은 그런 유천의 반응에는 신경 쓰지 않고 다음 말을 이었다.

"김명환에 대해서는 익히 들어서 알고 있다고 생각하네."

"그리 잘 알진 못합니다."

"자세한 내막을 알고 있나?"

"그것까지는 제가 모르는 게 당연하지 않습니까?"

유천의 반문에 고개를 끄덕이며 시선을 돌렸다.

"김영철 비서실장, 자네가 설명하게."

"알겠습니다, 회장님."

그리고는 주돈수 회장이 소파에 몸을 깊이 기댔다. 맞은편에 앉은 김영철 비서실장이 이내 설명을 시작했다.

"납치된 분은 김명환 해외 영업본부장입니다. 납치 이유는 한 가지입니다. 한국은 아프리카에서 손을 떼고 철수하라는 이야기죠. 아프리카인은 아프리카에게로, 그게 그들의 구호입니다."

"말도 안 되는 소리군요. 이 글로벌 시대에."

유천의 입에서 유식한 소리기 니기자 김영철 비서실장이 흠칫한 표정이다.

"공부 좀 하신 모양입니다."

"사업을 하려면 그래야겠죠."

"그래서 드리는 말씀입니다. 아무리 우리가 협상 채널을 여러 군데 가동했지만 전혀 무의미합니다."

"그런 엉터리 주장을 내세우니까 그렇죠."

유천이 당연하다는 듯이 고개를 끄덕이자 김영철 비서실 장이 다음 말을 이었다.

"그래서 드리는 말씀인데, 구출 작전을 펼쳐야 될 것 같습니다. 그런데 문제가 하나 있습니다."

"말씀하시지요."

"김명환이 억류되어 있는 곳은 반군 지역입니다. 게다가 사방이 툭 터져 있는 개활지라 접근하기가 까다롭습니다."

가만히 듣던 유천이 한마디 했다.

"항공기로 데려오면 되겠네요."

"그것도 곤란합니다. 워낙 반군 숫자가 주위에 많아 비행 기를 통한 구출은 사실상 불가능합니다. 낙하산이 펴지면 땅 에 내려오기 전에 전멸당할 겁니다."

"음."

유천이 골치 아픈 듯 눈살을 찌푸렸다.

"상황은 그렇습니다. 일단 정유천 씨가 가서 현지에서 움 직이시면 나중에 추가 대원들이 가서 구출 활동을 할 것입니 다."

"그러니까 저는 지형 정찰을 맡는 겁니까?"

"특수부대에서 그런 일을 했다고 들었습니다만."

김영철 비서실장의 말에 유천이 속으로 코웃음을 쳤다.

'새끼, 내가 무슨 정찰을 했어?'

하지만 겉으로는 티를 내지 않고 유천이 조용히 말했다.

"저에게 이런 제안을 하는 이유가 뭡니까?"

"회장님이 지시하셨습니다."

김영철 비서실장의 말에 이번에는 주돈수 회장이 직접 나섰다.

어느새 말투도 변하게 내려왔다.

"도와줄 수 있겠나?"

"글쎄요."

유천은 더 이상 말하지 않았다. 그러자 기다렸단 듯 주돈수 회장이 침통한 표정으로 유천에게 말했다.

"정말 소중한 인재일세. 모든 걸 떠나서 같은 대한민국 국민으로서 꼭 구해주고 싶어."

그 말에 유천의 마음이 묘해졌다. 진심이라면 가슴이 뭉클해져야 옳은데 영 시큰둥한 기분이었다.

재벌 그룹 회장이라는 자가 저렇게 나오는 것에 대해서 의아한 맘이 들었다.

그래도 유천은 겉으론 태연하게 받아쳤다.

"심장이 애달프시겠습니다."

"말도 말게. 미국 쪽에 도움을 요청했는데 내정 간섭이라고 곤란하다고 해. 그리고 우리나라 정부에서는 특수부대 보내는 것에 난색을 표하고. 그러니 내가 방법이 있겠나? 자네 같은 사람들을 찾아다닐 수밖에 없지."

"어려운 일이겠군요."

"쉽지 않지. 그래서 자네가 좀 먼저 가서 선발대 역할을 해줬으면 해. 자네가 정보를 준다면 구출대가 들이닥칠 걸세. 그때 잘 인도해 주면 되네."

"음."

유천이 잠시 고민하자 주돈수 회장이 크게 배팅했다.

"구해만 올 수 있다면 얼마든지 보상해 주겠네. 그건 내 약속하지."

대기업 회장의 약속이라면 어느 정도인지 짐작할 수 있다.

유천은 순간적으로 머리를 돌렸다. 어차피 자신을 알고 있는 세력과도 만나야 했다.

가는 길에 두 가지 일을 처리한다면 그야말로 일거양득이다.

판단이 서자 유천은 고개를 끄덕였다.

"하죠. 이건 김명환 씨에 대한 개인적인 호감 때문입니다."

"정말 고맙네. 내 모든 지원을 아끼지 않겠네. 필요한 건 뭐든 지원해 주겠네."

주돈수 회장의 안색에 화색이 돌았다. 유천은 그 눈빛을 보며 담담하게 말했다.

"일단 갈 수 있는 항공편, 그리고 혹시 모를 일이니 제가 필요한 무기를 여기에 적어놓겠습니다. 그걸 현지에 준비해 주시면 감사합니다."

"그렇게 하도록 하지. 걱정하지 말게. 미안하지만 빨리 출발해야 할 것 같네."

"당장에라도 출발할 준비는 됐습니다. 집에 가서 인사하고 바로 오겠습니다."

"이리로 온다면 헬기로 이동시켜서 공항에 전용기로 갈 수 있게끔 조치하겠네."

주돈수 회장은 몸이 잔뜩 달은 모양이다. 유천은 그런 주돈수 회장에게 고개를 끄덕이며 미소를 지었다.

"금방 다녀오겠습니다."

인사하는 순간 묵묵히 서 있던 한 남자가 손을 내밀었다.

"부탁합니다."

슥.

유천이 별 생각 없이 악수하는 순간 강한 악력이 느껴졌다.

유천이 고개를 들자 남자가 의미 있는 미소를 보냈다.

'이것 봐라.'

유천이 비릿한 웃음을 지으며 한마디 했다.

"다칩니다."

"해보시지요."

남자가 자신 있게 말하는 순간 유천이 손에 힘을 줬다.

우득.

대번에 남자 손목이 탈골되며 낮은 비명이 들렸다. 이미 남자는 저항할 힘을 잃고 이마에 비지땀을 흘렸다.

유천은 얼른 탈골된 뼈를 제자리로 맞췄다.

우득.

그리고 난 후 유천이 남자에게 말했다.

"경고했습니다."

"……."

남자는 놀란 얼굴로 아무런 말도 하지 못했다. 지켜보던 주돈수 회장이 경탄성을 냈다.

"대단하군."

"그럼."

유천은 더 이상 말을 섞지 않고 회장실을 나섰다. 힘에는 힘으로 보여줬을 뿐이다.

분명히 테스트였다.

남자의 체격이나 힘을 볼 때 경호책임자가 분명했다.

그런 그를 한 방에 제압한 건 한마디로 까불지 말란 의미였다.

현관을 나서는 유천이 고개를 갸웃거렸다.

"주돈수 회장이라? 의리 있는 사람 아니면 아주 교활한 인간이군."

주돈수 회장의 언행을 잠시 생각해 보던 유천은 싱긋 웃었다.

"뭔가 있어."

주돈수 회장의 표정에는 절절함이 있었지만 왠지 모르게 진솔함이 느껴지지 않았다.

뭔가 가면을 쓰고 자신을 대하는 느낌 그 이상도 그 이하도 아니었다.

그 생각이 들자 유천은 머리를 흔들었다.

"골치 아프네."

일단 현지에 가고 볼 일이다. 무엇보다도 어머니에게 다시 말해야 되는 게 걱정이었다.

"또 간다고 하면 뭐라고 하실 텐데."

주돈수 회장이 내준 차를 타고 집으로 가는 유천은 미음이 무거웠다.

"내가 이상해진 건가?"

본의 아닌 정의감에 유천은 웃음을 터뜨렸다.

하지만 유천은 김명환의 태도에서 한 가지를 느낀 점이 있었다.

남자의 배짱.

왜 그렇게 배짱을 부렸는지 상당한 호기심을 불러일으켰다.

"만나서 들어보면 알겠지."

집에 도착하자마자 유천은 어머니를 찾았다.

"어머니, 저 해외출장이 좀 있습니다."

"또 해외출장이니?"

"이번에는 해외에서 인재를 스카우트하러 가는 겁니다. 제가 하는 일이요……."

유천은 수입차 전문 정비 공장에 대해서 자세히 설명했다. 어머니는 골치가 아픈 듯 듣다가 머리를 저었다.

"그것참, 못 알아들을 소리만 하는구나. 그래서 가야 된다고?"

"네, 그리 오래 걸리진 않을 것 같습니다."

"갔다 와라. 난 아들보다 딸이 좋더라."

어머니의 입가에 미소가 떠올랐다.

"딸이라면?"

"그래, 혜진이 말이야. 얼마나 재롱을 피우는지. 그리고 손주도 예쁘고."

어머니의 입에서는 정말 화사한 미소가 감돌았다.

나이가 들어도 여자는 여자였다.

딸과 손주를 보는 재미가 쏠쏠한 모양이다.

유천은 다시 한 번 자신의 선택이 옳았다는 것을 느꼈다.

"그럼 편히 다녀오겠습니다."

"조심히 다녀와라. 조금 있으면 우리 손주가 올 텐데."

"어디 갔습니까?"

"어린이집에 갔어. 친구들하고 놀아야지."

"그건 그렇군요. 그럼."

유천은 인사하고 서둘러 짐을 챙겨 들고 집을 나서 미리 대기하고 있던 대진그룹에서 보낸 차에 올라탔다.

부릉!

운전기사는 한시가 급한 듯 곧바로 왔던 길로 되돌아갔다.

공항에 도착한 유천은 마중 나온 김영철 비서실장을 만났다.

김영철 비서실장은 유천을 보고 잔뜩 긴장한 표정으로 설명했다.

"현지에 도착하면 마중 나온 사람이 있을 겁니다. 그 사람이 유천 씨가 말한 모든 물품을 준비해 줄 겁니다."

"알겠습니다."

유천은 짤막하게 대답했다.

여기서 가타부타 더 이상 얘기해 봐야 얻을 건 아무것도 없었다.

유천의 말에 김영철 비서실장이 긴장한 듯 다시 한 번 말했다.

"맡은 임무가 큽니다. 회장님의 기대도 크고요."

"최선을 다해보죠. 뭐 지금은 그것밖에 드릴 말이 없네요."

미래에 대해서는 누구도 왈가왈부 장담할 순 없다. 김영철 비서실장이 손을 내밀었다.

"건투를 빕니다."

유천은 출국장에 들어서기 전에 마지막으로 김영철 비서실장에게 물었다.

"제가 실패하면 어떻게 되는 겁니까?"

"또 다른 사람이 가겠죠. 그렇지만 그만큼 시간이 지체됩니다."

"성공해야겠군요."

유천은 거기서 말을 끊었다.

유천은 말없이 손을 잡아 흔들고는 출국 수속하는 곳으로 움직였다.

길고 지루한 출국 수속이 진행되는 동안 유천은 공중전화 박스로 향했다.

미리 준비한 국제 통화 카드를 들이밀고 전화번호를 눌렀다.

따르릉.

몇 번의 신호음이 가기 전에 상대의 목소리가 들려왔다.

─여보세요?

"정유천이야. 바꿔."

─잠시만 기다리십시오.

긴장된 목소리와 함께 소란하게 발소리가 들리더니 잠시 후 귀에 익은 목소리가 들렸다.

─오랜만이네.

"이제 곧 갈 것 같다."

─언제쯤 올 건가?

"가기 전날 연락하지."

─출국한다는 이야기는 들었어.

역시 저들도 정보가 빨랐다.

유천은 그 한 가지 행동으로 저들의 속셈을 어느 정도 짐작할 수 있었다. 그러나 겉으로는 내색하지 않고 말했다.

"가서 좋은 거래되길 바라지."

─기다리지.

짤막한 대화를 끝으로 유천은 통화를 마쳤다.

띠리릭.

나오는 국제 통화 카드를 보고 유천은 피식 웃었다.

"너무 비싼 걸 끊었나?"

3만 원짜리를 끊었는데 불과 300원밖에 쓰지 않았다.

유천은 국제 통화 카드를 조용히 지갑에 집어넣고는 자리에 앉았다.

이제 다시 생사에 갈림길로 들어가기 직전이다. 그러나 유천의 표정은 흔들림이 없었다.

자신이 가진 능력, 그리고 경험으로 어디에서도 살아남을 자신은 있다.

하지만 짜릿한 기분을 느끼는 것은 지긋지긋했다.

"평범하게 좀 살자."

평범하게 살려고 해도 끼어드는 인연 때문에 골치가 아파왔다.

소말리아.

공항에 도착하자마자 입국장을 나선 유천이 사방을 둘러보기도 전이다.

그때 한 남자가 재빠르게 유천에게 다가와 속삭였다.

"정유천 씨?"

끄덕.

유천이 대답 없이 고개만 끄덕이자 남자가 사진과 비교해
보고는 활짝 웃었다.

"따라오시죠."

서툰 영어지만 알아들을 정도는 됐다. 유천은 남자를 유심
히 바라봤다.

키는 170센티미터 정도의 흑인으로 눈빛이 흔들리는 게 그
리 좋은 인상은 아니었다.

'뭐, 이 친구랑 계속 일할 것도 아니고.'

유천은 가볍게 생각하고는 흑인의 뒤를 따랐다.

공항 밖으로 나가자 차로 안내하는 흑인 남자이다.

"타시죠."

삐거덕.

문을 열자마자 거친 소리가 들린다.

"이거 몇 년 탄 거야?"

끔찍할 정도로 낡아빠진 고물차였다.

부르릉!

거의 탱크 수준에 육박하는 엔진 음이 들렸으나 유천은 신
경 쓰지 않고 시트에 몸을 기댔나.

부르르릉!

차는 그래도 앞으로 굴러갔다. 신기할 정도였다. 흑인은

그제야 유천에게 말했다.

"트렁크에 준비한 물품이 있습니다."

"고맙소."

유천은 짤막하게 대답했다. 그리고 두 사람은 말이 없었다.

그렇게 공항을 나와 한참을 달린 차가 도착한 곳은 울창한 밀림이었다.

철컥.

차에서 내리는 남자를 따라 유천도 내렸다.

"보시죠."

남자가 트렁크를 열자 유천이 말했던 물품이 그대로 준비되어 있다.

적외선 쌍안경, 그리고 소총과 권총, 그 외에 기타 유천이 말한 게 가득 실려 있다.

유천은 가만히 바라보다 남자에게 손을 내밀었다.

"지도."

"여기 있습니다."

남자는 유천의 기세에 눌린 표정이다.

그도 이런 거친 일을 많이 했지만 유천 같은 살기등등한 사람은 처음 보는 듯 잔뜩 주눅이 든 얼굴이다.

유천은 지도를 훑어보고 남자에게 물었다.

"여기가 어디요?"

"여깁니다."

남자가 손으로 짚어주는 걸 보고 사방을 훑어본 유천이 고개를 끄덕였다.

전부터 독도법을 눈이 빠져라 훈련한 탓에 이 정도 지도만 있다면 찾아가는 데는 문제없었다.

유천이 마지막으로 남자에게 물었다.

"반군의 세력권은 어디죠?"

"이 밀림 쪽으로는 반군이 없습니다. 여러 가지 독충도 많고 해서 여기에는 아무도 없죠. 하지만 밀림을 벗어나면 바로 반군의 영역입니다."

"김명환이 억류된 곳은 어디죠?"

"반군의 가장 중심부에 있습니다."

"음."

유천이 고개를 끄덕이자 흑인이 조심스럽게 말했다.

"제가 데리러 오진 못합니다. 알아서 탈출하셔야 합니다."

"수고했습니다."

유천은 흑인에게 가볍게 손을 내밀었다. 악수하자마자 흑인은 꽁무니가 빠져라 도망가 버렸다.

부르르릉!

마지막으로 들린 것은 시끄러운 차 엔진 음이다.

유천은 짐을 차곡차곡 배낭에 넣어 등에 메고 천천히 움직이기 시작했다.

이미 지도를 숙지한 터라 어디로 가는지는 훤히 알고 있다.

유천의 손에는 끝이 휘어진 정글도 하나가 들려 있다.

"이 밀림을 3킬로미터를 헤쳐 가라."

보통 사람이라면 엄두가 나지 않은 일이다. 하지만 유천은 아무런 두려움 없이 밀림 속을 헤집기 시작했다.

그렇게 500미터쯤 갔을까? 유천이 잠시 주춤했다.

"쟨 뭐야?"

앞에 커다란 검은 뱀 하나가 도사리고 있다.

"블랙맘바군."

극독을 가진 독사 중의 독사이다.

공격성이 강한 블랙맘바는 유천을 보자마자 잔뜩 몸을 추켜세운 채 달려들 태세를 취했다.

팍!

유천의 손이 번개같이 움직였다. 정글도가 빛을 발하는 순간 블랙맘바의 목과 몸통이 분리됐다.

꿈틀꿈틀.

블랙맘바가 발악하듯 꿈틀거렸으나 유천은 거들떠보지도 않고 앞으로 걸어갔다.

뚝뚝.

땀이 비 오듯이 쏟아졌다.

가뜩이나 더운데다가 등에 진 짐까지 더하자 그리 쉽지 않은 행군이었다.

그러나 유천은 아무런 표정 변화 없이 앞으로 걸어갔다. 지나가는 동안 독사, 독충을 얼마나 죽였는지 헤아릴 수도 없다.

유천이 혀를 내두를 지경이었다.

"징그럽네."

왜 반군이 없는지 짐작이 갔다.

들어오면 생존할 확률이 없는 곳이다.

당연히 반군도 이리로 누가 오리란 생각은 꿈에서도 안 하는 모양이다.

그렇게 꼬박 두 시간을 가서야 드디어 밀림의 끝에 도달했다.

유천은 그때부터 표정을 싹 바꾸고 긴장된 표정으로 사방을 훑어봤다. 몸은 이미 밀림과 한 몸이 되어 있다.

슥.

쌍안경을 쓰고 사방을 둘러보던 유천이 혀를 찼다.

"많이도 있네."

여기저기 소총을 든 반군이 우글거리고 있다.

더 안 좋은 점도 보였다.

밀림이 끝나는 곳에는 커다란 공터가 자리하고 있다. 풀이 자라 있기는 하나 겨우 발목 길이 정도이다.

이 상황에서 유천이 움직인다면 바로 행적이 발각되는 건 순식간이다. 무조건 시야를 가릴 어둠을 기다려야 했다.

"덕분에 쉬자."

유천은 느긋한 마음으로 배낭을 내려놓고 털썩 기댔다. 쉬는 것이 체력을 회복시키는 지름길이기도 했다.

11장
구출 작전

한동안 가수면 상태에서 편히 쉬던 유천이 눈을 번쩍 떴다.

어느새 사방은 어둠이 짙게 내려 바로 눈앞도 분간하기 어려운 정도이다.

씨익.

유천이 싱그럽게 웃었다.

마침 그믐이라 사방은 달빛조차 보이지 않고 하늘은 구름까지 끼어 있어 어둠 그 자체였다.

유천은 다시 짐을 챙겨 들고 소리 없이 움직이기 시작했다.

최대한 몸을 가볍게 하자 풀잎 스치는 소리도 들리지 않아 이동하는 데는 별다른 어려움이 없었다.

불과 100여 미터 앞에 총을 들고 움직이는 반군들이 보였으나 유천은 신경도 쓰지 않았다.

반군이 자신을 볼 수 없단 자부심 탓이다.

반군 동태를 유심히 관찰하며 유천은 하나씩 머릿속에 박아넣기 시작했다.

적들의 경계 상태, 그리고 움직이는 모습을 바라보던 유천은 씩 웃고 말았다.

"오합지졸이네."

유천의 말 그대로였다.

반군들은 서로 각자 세력권을 위해 움직이고 있어 뚜렷한 지휘 체계가 없었다.

그저 숫자만 많을 뿐 지휘계통이 체계적이지 못해 보였다.

"정부군도 마찬가지인가?"

그런 의문마저 들었다.

그러던 유천이 한 장면을 보고 눈이 휙 돌아갔다. 초막 안에서 문도 열려진 상태로 한 반군이 여자를 겁탈하는 모습이다.

"악!"

여자는 겁에 질려 움직이지도 못했다. 자세히 보니 반군의 손에 시퍼런 칼이 들려 있다.

한마디로 반항하면 죽이겠다는 의미이다. 반군은 그나마 배운 자인지 떠드는 소리가 들렸다.

"부족의 씨를 말려주지."

쾌락에 따라 몸을 움직이는 남자, 그 밑에서 겁에 질려 벌벌 떨고 있는 여자, 절대적인 부조화였다.

"개판이네."

유천은 말로만 듣던 현실을 보자 피가 거꾸로 솟는 느낌이다.

반군들이 타 부족 여인들을 강간하여 씨를 말린다는 소문이 바로 눈앞에 현실로 밝혀졌다.

인간쓰레기도 저런 쓰레기가 없었다.

유천은 고개를 절레절레 흔들었다.

반군에 대한 요만큼의 동정심마저 깡그리 사라지는 순간이다.

유천은 계속 움직여 마침내 목표가 되는 초막을 발견했다. 거리가 하도 멀어 맨눈으로는 볼 수 없는 거리였다.

유천은 적정한 곳에 자리 잡고 곧바로 적외선 망원경을 들었다.

우측에 둘, 좌측에 둘.

외곽 경비를 하는 반군은 네 명이었다. 안에는 얼마나 있는지 아직 구분하기 힘들었다.

주위를 살펴보니 족히 30명은 되는 반군이 여기저기에서 경계하는 모습이다.

유천은 잠시 망원경을 내려놓고 밀림 속으로 들어갔다. 무전기를 꺼내 든 유천이 곧바로 무전을 날렸다.

"여긴 델타."

—여긴 알파. 보고하라.

수신음을 가장 작게 했기에 밖에서 듣기에는 거의 모깃소리 정도이다.

하지만 유천은 그나마도 경계하여 밀림 깊이 들어와 적에게서 멀어졌다.

"목표 발견. 외곽 경계병 근접 네 명. 떨어져서 30명이다."

—알았다. 구출이 가능한가?

"무슨 소리야?"

유천이 약간 신경질적인 반응을 보이자 상대의 목소리가 들린다.

—구출해서 초막 안에 있으면 타이밍에 맞춰 우리가 데려가겠다.

지시도 지시 나름이다.

'미친.'

유천은 절로 욕이 터져 나왔다.

혼자서 경계병을 모두 해치우고 구출하라는 것은 한마디로 죽으라는 이야기였다.

보통 사람이었으면 어림도 없는 얘기지만 유천에게는 가능할지도 모른다.

하지만 유천은 그런 모험을 하고 싶지 않았기에 일단 거부했다.

"애초의 임무대로 수행한다."

―다시 한 번 말한다. 가도록.

"거부한다."

상대의 말에 유천은 신경질이 났지만 꾹 참았다. 그러나 상대는 더 도발했다.

―여기서는 내가 지휘자야.

"난 당신 지휘를 받을 이유가 없어."

유천이 강하게 반발하자 상대의 목소리가 약간 누그러졌다.

―좋다. 현 위치에서 경계하라. 위치가 어디인가?

"목표 지점에서 좌측 숲 속이다. 수평 거리이니 발견하긴 쉬울 것이다."

―알았다. 대기하라. 우리가 그쪽으로 간다.

무전을 마치고 난 유천은 고개를 갸웃거렸다.

"아무래도 이상해."

유천이 주위를 살펴보니 이번 작전은 뭔가 모순이 있었다. 설령 구출한다고 해도 반군의 숫자가 수백 명이 훨씬 넘는다.

지칠 대로 지친 김명환을 데리고 그들의 추격을 뿌리치고 탈출한다는 것은 사실상 불가능에 가까웠다.

"그래도 구출하겠다?"

뭔가 냄새가 나도 진하게 났다.

유천은 고개를 갸웃거렸다.

더군다나 유천의 신경을 건드린 것은 무전기에서 들려온 목소리였다.

목소리에 살기가 그득했다.

"보통 작자들은 아닌데."

유천이 다시 고개를 갸웃거리며 돌아오려는 순간 다시 무전이 들렸다.

—02시에 작전 개시한다. 현 위치를 사수하도록. 만약에 적의 반격이 있으면 지원 사격 부탁한다.

"알았다."

유천이 무전을 끊고 나서 다시 한 번 고개를 갸웃거렸다.

"현 위치를 사수하라라."

여러 가지 일이 영 신경을 건드렸다. 유천은 고개를 갸웃거리며 초막을 노려봤다.

"느낌이 안 좋아."

유천은 시계를 봤다. 구출조가 도착하기까지는 30분의 시간에 공백이 있다.

유천은 자신의 판단을 믿었다. 무엇보다 여기 온 가장 큰 이유가 한몫했다.

김명환을 무사히 한국에 데려가고 싶었다.

"해보자."

유천은 빠른 동작으로 위장 크림을 발랐다.

슥슥슥.

바로 온몸이 시커메지며 어둠과 구분하기 힘들 정도가 되었다.

"머리는 까매서 다행이야."

동양인 특유의 검은 머리는 위장 크림을 바를 필요도 없었다.

유천은 그 자세 그대로 소총을 등에 매고 대검 몇 자루를 허리춤에 꽂았다.

아무래도 소리 없이 처리하긴 대검이 최고였다.

이미 한참 동안 경계하는 반군들의 행동양식을 봐왔기에 빈틈을 찾기는 그리 어렵지 않았다.

사사삭.

더군다나 보통 사람과 비교 불가로 빠른 유천의 몸놀림을 그들이 발견하기에는 너무도 어두웠다.

유천은 그렇게 전진에 전진을 거듭했다.

3킬로미터나 되는 거리를 완주한다는 것은 그리 쉬운 일이 아니다.

그러나 유천은 그 간격을 어림잡으며 천천히, 때로는 빨리 움직이며 초막 50미터까지 접근했다. 이제부터는 노출을 피할 길이 없다.

속전속결.

유천의 손에서 단검이 쏘아졌다.

"컥!"

네 사람이 목을 잡고 비틀거리며 쓰러졌다. 일격에 목줄을 끊어놓은 수법이었다.

유천은 곧바로 달려가 그들을 초막 밑으로 집어넣었다.

질질.

시체를 감추고 얼른 초막 안으로 고개를 돌리자 안에서 약간의 움직임이 느껴진다.

두 명.

숫자를 센 유천은 바로 초막을 열고 들어가자마자 양손에 대검을 들었다.

예상대로 초막 안 가운데 의자에 김명환이 묶여 있다.

TV로 봤기에 그 얼굴은 한눈에 알아볼 수 있었다.

좌우에 있던 두 명의 반군이 놀라 총을 들려는 순간 유천의 대검이 먼저 날아갔다.

대검은 정확히 두 반군 머리를 강타했다.

"컥!"

아얏 소리도 못하고 기절한 두 반군이었다.

혹시 몰라 급소를 살짝 비켜난 일격이었지만 기절시키긴 충분했다.

그제야 유천 시선이 묶여 있던 김명환에게 돌아갔다.

"음."

곧바로 진한 탄식이 유천의 입에서 절로 나왔다.

김명환의 모습은 한마디로 사람의 형상이 아니었다.

찢어진 옷 사이로 검게 죽은피가 덕지덕지 굳어 있었고, 얼굴은 너무 부어올라 원래 모습은 알아보기도 힘들었다.

그것뿐만이 아니었다.

불로 지졌는지 온몸에 화상 흔적이 가득이었다.

거기다 곪아터져 고약한 냄새마저 진동했다. 그야말로 만신창이로 변한 김명환의 현실이었다.

멀쩡한 사람을 저 꼴로 만든 반군에게 맹렬한 적개심이 솟았다.

"시팔 놈들."

유천 입에서 거친 욕이 절로 나왔다.

『한국호랑이』 4권에 계속…

용병귀환

유왕 판타지 장편 소설

**수십 년 전, 용병왕의 등장으로 생겨난
왕국과 용병의 세계.
평소엔 한없이 가볍지만 화나면 누구보다 무서운,
놀고먹고 싶은 그가 돌아왔다!**

하지만 바람과는 달리 과거 그의 앙숙과 대륙의 판도는
도저히 그를 놓아주질 않는데……

"용병은 그냥, 돈 받고 칼을 빌려주는 놈들이니까."

그의 용병 철학은 단순했다.

"물론, 누구에게 빌려주느냐가 문제겠지?"

도시의 주인

말리브 장편 소설
FUSION FANTASTIC STORY

말리브 작가의 신작 현대 판타지!

죽기 위해 오른 히말라야.
그러나, 죽음의 끝에 기연을 만나다!

『도시의 주인』

다시 한 번 주어진 운명.
이제까지의 과거는 없다!

소중한 이를 위해! 정의를 외친다!